folio junior

Les aventures de Garin Trousseboeuf

L'inconnu du donjon

L'hiver des loups

L'anneau du Prince Noir

Le souffle de la salamandre

Le secret de l'homme en bleu

L'herbe du diable

La tour de Londres

Le chevalier de Haute-Terre

Le cheval indomptable

Le crâne percé d'un trou

Les pèlerins maudits

Les sorciers de la ville close

Mise en pages : Chita Lévy

Loi n° 49-956 du 16 juillet 1949
sur les publications destinées à la jeunesse
ISBN : 978-2-07-065416-1
Numéro d'édition : 272386
Premier dépôt légal dans la même collection : novembre 1998
Dépôt légal : juillet 2014

Imprimé en Espagne par Novoprint (Barcelone)

Évelyne Brisou-Pellen

Le crâne percé d'un trou

Illustrations de Nicolas Wintz

GALLIMARD JEUNESSE

1

Beaucoup de monde sur la route

Garin regarda autour de lui avec méfiance. Depuis qu'il avait passé la rivière du Couesnon, il se trouvait en territoire normand. Or la Normandie était, à ce qu'on en disait, une contrée dangereuse. Les Anglais débarquaient et pillaient tout sur leur passage, les soldats français vivaient sur le pays, ne laissant rien de ce qui pouvait se manger, les brigands rançonnaient les voyageurs.

Pour l'heure, il pleuvait, c'était peut-être sa chance : les soldats devaient s'abriter derrière leurs remparts, et les brigands se réchauffer dans une auberge.

Garin s'immobilisa : il entendait distinctement un pas sur le chemin qui croisait le sien. Son oreille exercée l'informa que ce pas était celui d'un homme seul, léger (donc, pas un soldat)... jeune sans doute.

Il l'aperçut enfin à travers les arbres. Gagné ! Il s'agissait d'un garçon, petit et menu, plus jeune que lui. Douze ans, peut-être, avec des cheveux noirs tout raides qui lui tombaient sur les épaules, et un chapeau de feutre trop étroit pour protéger vraiment des intempéries.

– Oh ! lança Garin en levant la main pour saluer, le Mont-Saint-Michel, tu connais la route ?

Le garçon sursauta.

– Tu m'as fait peur, dit-il, j'ai cru que c'était un tuchin.

– Un tuchin ?

– Les brigands d'ici. La dernière fois que je suis venu, le pays en était infesté, j'ai dû faire demi-tour. Maintenant, c'est un peu plus calme, et j'en profite pour gagner le Mont. Mais enfin…

– Oui… Comme disent les pèlerins « Si tu vas au Mont, fais ton testament ». C'est encore loin ?

– Le Mont, il est toujours plus loin qu'on ne l'imagine, répondit le garçon sans cesser d'observer les environs.

Garin voulait bien le croire : depuis l'aube, de nombreuses fois il avait aperçu au loin cet étrange rocher pointu dressé vers le ciel, sans avoir l'impression de s'en être approché beaucoup.

– Dès qu'on aura quitté la forêt, indiqua le garçon. Tu verras…

Voir ? Garin en eut le souffle coupé. Le spectacle était stupéfiant. Entre ciel et terre, entre le gris du ciel et le gris de l'eau, un énorme rocher hérissé d'énormes murs, comme un gigantesque vaisseau de pierre ancré dans la mer, une véritable citadelle, à la fois légère et colossale…

Deux citadelles, plutôt : l'une qui s'élançait vers le ciel, l'autre qui plongeait dans la mer ; et on ne savait pas laquelle était le reflet de l'autre, où commençait l'une et où finissait l'autre.

– Alors ? dit le garçon avec un sourire de connivence, ça saisit, hein !

Garin veilla à ce qu'aucun muscle de son visage ne trahisse son ébahissement. Des années sur les routes lui avaient appris à ne pas se livrer au premier venu. Moyennant quoi il était toujours en vie.

Il demeura donc de marbre, scrutant le Mont d'un œil qu'il voulait juste critique. Crédiou ! Il n'avait jamais rien vu de pareil.

– Tu n'es pas d'ici ? demanda le garçon.

Garin prit un air blasé.

– Je viens du sud, inventa-t-il. Là-bas, nous avons des tas d'abbayes magnifiques. Crois-moi, j'ai vu de belles choses dans ma vie. Et de franchement laides aussi… Par exemple, la démarche de mon maître d'armes, la statue de l'ange Gabriel dans la chapelle du

château de mon père, le gros orteil de ma tante Witberga, comtesse d'Albi, le chien de la reine de Sicile.

Garin s'arrêta là. Il n'était pas bien sûr qu'Albi ait une comtesse, ni la Sicile une reine, et *quand on invente, il faut savoir où s'arrêter* (vieux proverbe persan traduit du hongrois par saint Garin).

Le petit gars avait l'air impressionné. Il lui lança un regard en biais :

– Tu dois être bien riche, que fais-tu donc sur les routes ?

– Ma vie ! répondit Garin d'un ton détaché. Je fais ma vie ! Mon père m'a dit : « Je vois que tu ne peux pas tenir en place. Va donc faire connaissance avec le monde, tu nous reviendras ensuite. »

Et il eut le regard lointain de qui a déjà tout vu.

– Bon, décréta-t-il enfin, c'est encore loin, remettons-nous en route.

Garin jeta un coup d'œil au garçon qui marchait près de lui. Il semblait si fragile qu'il s'en voulut presque de lui avoir raconté des blagues… mais enfin, ce n'était pas de sa faute, il ne pouvait s'en empêcher ! D'ailleurs, il avait presque oublié sa véritable vie : quand on a grandi dans un bouge enfumé entre un père ivrogne et une mère exténuée par les naissances (une chaque année), on pouvait avoir envie de s'inventer un passé plus fantastique !

Marrant, ce garçon… Des yeux pétillants, un cou trop maigre, des mains légères, qui essuyaient à petits mouvements vifs la pluie sur son visage… Bon, il lui plaisait.

– Je m'appelle Garin, informa-t-il en reprenant un ton gai. Garin Troussebrigands, scribe des grands chemins. J'écris pour ceux qui ne savent pas.

Et, en disant ces mots, il donna un petit coup du plat de la main sur son écritoire, qu'il portait en bandoulière.

– Troussebrigands ? s'ébahit l'autre en allongeant son pas pour rester à la hauteur de Garin, quel nom merveilleux !

– On a le nom qu'on mérite, remarqua Garin.

Facile : il s'inventait des noms au fil des besoins, rien d'étonnant à ce qu'ils soient toujours parfaitement adaptés à la situation.

– Moi, c'est Louys, je suis marchand de reliques.

– Ah ! Quel genre de reliques ?

– J'ai, commença le garçon du ton qu'il prenait pour attirer la clientèle, des poils de la barbe de saint Pierre, une phalange de sainte Agathe, des cheveux de la Vierge, le tibia de saint Jean-Baptiste, une dent de lait du Christ, le nombril de saint Sébastien…

Garin sourit :

– … Des vrais, naturellement !

– Naturellement ! s'exclama le garçon en dressant son maigre cou comme un coq qu'on attaque.

– Ne te fatigue pas pour moi, soupira Garin. Si tu possédais réellement tout cela, tu ne courrais pas les routes.

– J'ai ma réputation, lança l'autre d'un air faussement froissé, et je vais te faire remarquer ceci : l'essentiel n'est pas ce qui est vrai, mais ce qu'on croit. La foi.

– Tu as raison, reconnut Garin en riant.

La Vérité Vraie, avec deux grands V ne lui avait jamais paru avoir beaucoup de charme, et les vies qu'il se bâtissait étaient autrement passionnantes !

– Moi, reprit le garçon, je ne te demande pas si ton château existe vraiment.

Allons bon ! Ne savait-il plus mentir aussi bien qu'autrefois ? Garin insista :

– Bien sûr, c'était un château un peu particulier, une sorte de forteresse. Je suis fils naturel de l'abbé de Jérusalem.

– Il y a une abbaye, à Jérusalem ?

– Évidemment.

L'essentiel, c'était la foi. Il aurait été normal que Jérusalem possède une abbaye, non ?

Crédiou… fils naturel d'un abbé, c'était une bonne trouvaille, pleine de promesses ! Il lui faudrait creuser cette idée. En tout cas, c'était plus exaltant que dix-neuvième enfant des vingt-cinq que Léonie et Dieudonné Trousseboeuf avaient mis au monde dans un taudis des bas quartiers du Mans.

– Un abbé peut-il avoir un fils ? demanda prudemment le garçon.

– Naturellement. Un homme peut avoir été marié et se faire moine ensuite. C'est ce qui s'est passé. Ma mère a été tuée par les Turcs alors qu'elle traversait le désert avec moi sur le dos d'un âne blanc. Ils m'ont enlevé, ils ont repeint l'âne en jaune comme le sable pour qu'on ne le voie plus, et puis ils m'ont rendu à mon père contre une forte rançon. Mon père est ensuite devenu abbé et il m'a élevé au monastère. Mais il voyait bien que les messes me donnaient des crampes dans les jambes, c'est pour ça qu'il m'a envoyé voir le monde (sans mon âne, qu'on n'a jamais retrouvé). Et toi ?

– Moi, dit le garçon intimidé par une telle vie, ce n'est pas original : ma mère est morte à ma naissance. Mon père m'a laissé à une nourrice qui gardait tout son lait pour son propre fils, et c'est pour ça que je suis petit et maigre. Dès que j'ai su tenir debout, elle m'a envoyé aux champs pour travailler. Le jour où j'ai été assez grand pour comprendre que le monde était plus vaste que mon assiette de fèves, j'ai filé.

Eh bien… aucune imagination, ce garçon ! Cette histoire était certainement vraie.

– Avant de filer, pour punir cette mégère, je lui ai coupé les cheveux dans son sommeil, un soir qu'elle était complètement saoule.

– Ah ! s'exclama Garin, c'est donc ça tes « cheveux de la Vierge » !

– Non, tu rêves ! Ils sont beaucoup trop moches pour la Vierge. Ça me sert de barbe de saint Pierre.

Le garçon porta vivement la main à sa bouche.

– Tu m'as eu. Je suis bien trop bavard ! Je finis toujours par dire ce que je ne veux pas.

Et il se mit à rire avec une surprenante gaieté.

– Après, dit-il, j'ai traversé un cimetière inondé, et j'ai récupéré quelques os.

– Et le nombril ? s'intéressa Garin.

– Ça, dit le garçon, c'est le plus précieux. Car ce qui ressemble le plus à un nombril desséché, c'est la peau d'un vieux coq. Eh bien, pour trouver un vieux coq, et même une poule, et même un poulet dans ce pays affamé…

– Je vois, commenta Garin, c'est presque plus compliqué que de retrouver le vrai nombril.

– Dis-moi, reprit Louys, tu me donnerais bien quelques-uns de tes cheveux…

– Les miens ? Tu n'es pas difficile ! On dirait de la vieille ficelle. Si c'est pour faire des cheveux de la Vierge…

– Au moins, ils sont blonds. D'habitude, je prends des miens, qui sont bruns. Alors, les gens n'y croient pas. Je ne sais pas pourquoi, ils sont tous persuadés que la Vierge était blonde. Elle était blonde, à ton avis ?

– À mon avis, rétorqua Garin, elle était exactement de la couleur de ce que tu as de disponible.

– Ah !… Tu me ferais un document ?

– Un document pour quoi ?

– Pour certifier que ce sont bien des cheveux de la Vierge. Tu es scribe, non ?

– Oh ! Tu n'y vas pas un peu fort ? D'abord tu veux mes cheveux, ensuite un faux certificat… J'ai mon honneur de scribe, et ma conscience. Il y a des choses, fiston, avec lesquelles on ne plaisante pas, et parmi ces choses, le serment que j'ai fait de ne pas commettre de faux en écriture.

Il s'interrompit brutalement :

– Chchch… Écoute…

Ils bondirent dans la forêt et s'aplatirent contre un arbre. Débouchant d'un sentier sur la droite arrivait une petite troupe de… – Ahi ! Louys venait de chuter malencontreusement sur le côté ! – … de pèlerins. Ouf ! Aucun danger !

Apercevant soudain le Mont qu'ils avaient dû perdre de vue depuis un moment dans la forêt, ils se mirent à pousser des exclamations émerveillées avant d'entonner un chant à la louange de Dieu.

Garin revint vers son compagnon qui se relevait en ronchonnant, le visage empourpré.

– Qu'est-ce qui t'est arrivé ? ironisa-t-il. Si tu voulais attirer l'attention sur ta présence, c'est réussi !

– C'est à cause de…

– À cause de quoi ?

– De mon signe protecteur. Il faut que je porte ma main à mon front tout en touchant mon coude avec mon genou.

Garin éclata de rire :

– Crédiou ! Si tu perds l'équilibre à chaque fois et que ça te fait repérer…

– On m'a dit que ça marchait.

– … Pour se faire prendre, ça marche sûrement très bien.

Comme le garçon prenait un air boudeur, Garin eut pitié de lui :

– Écoute : c'est sans doute efficace quand on l'exécute sans trembler, mais si tu as la trouille…

Louys haussa les épaules : il ne faisait ce signe que lorsqu'il était en danger et qu'il avait la trouille.

– Regarde le mien, proposa Garin.

Amenant rapidement la main à son visage, il glissa

son pouce droit dans son oreille et posa son auriculaire sur sa narine. Sans toucher la joue. Important, ça !

– En même temps, précisa-t-il, je dis « Saint Garin protégez-moi. »

– Et ça protège bien ? demanda Louys plein d'espoir.

– Tu vois : je suis toujours vivant.

Garin regagna le chemin et, laissant les pèlerins à leurs chants, il reprit sa route exactement comme si rien ne s'était passé. Louys tentait de suivre son pas, tout en répétant d'un air préoccupé ce fameux geste. Toutefois, comme un geste de protection doit être personnalisé, il s'entraînait à le faire avec la main gauche, et remplaçait mentalement « saint Garin » par « saint Louys ».

– Tu as raison, fit remarquer Garin au bout d'un moment, le pays est sûrement plus calme, puisque les pèlerins sont de retour.

– Plus calme…, commenta Louys, il ne faut rien exagérer. Ce matin, à peine le jour levé, je suis tombé nez à nez avec un cadavre. La journée commençait bien ! C'était un homme encore jeune, mais tout cousu de vieilles blessures. Un soldat, probablement… Je crois qu'il a été étranglé.

– Quel genre de soldat ? Avec quel genre de vêtements ?

– Il n'avait pas de vêtements du tout. On les lui avait filoutés. J'ai entassé sur lui assez de pierres pour le cacher, et je lui ai même mis une croix en bois. Et pourtant, je te le dis, je ne porte pas les soldats dans mon cœur !

– À mon avis, commenta Garin, il y a en ce moment quelqu'un qui est déguisé en soldat.

– Un espion ?

– Pourquoi pas ? On dit qu'ils pullulent, par ici… Ton soldat, il était plutôt français ou anglais ?

– Je m'en fiche. Je déteste tous les soldats.

Louys s'interrompit net. Sur un chemin qui rejoignait le leur, deux moines, jeunes, tout en noir. Des bénédictins.

– Le monde est beau, mes frères ! lança l'un d'eux, un grand avec un visage en lame de couteau. Le monde est beau. Voilà que le Mont nous apparaît dans la splendeur de Dieu. Prions, mes frères.

Il leva les bras, et nos deux voyageurs n'y purent couper… Garin n'était pas opposé à une petite prière – surtout quand il était en grand danger – mais il y avait des moments où il n'en voyait pas l'utilité. Il observa du

coin de l'œil les deux moines et remarqua la pauvreté extrême du plus grand, dont la robe était trop courte et les sandales éculées. L'autre était mieux vêtu, très jeune – moins de vingt ans sans doute – avec un visage poupin.

Louys ne semblait guère prier non plus : il profitait de ce que les deux moines fermaient les yeux pour faire à Garin des signes que celui-ci ne comprenait pas du tout. Il reprit un air fervent au moment où la prière finissait.

– Remettons-nous en route, mes frères, ordonna le grand maigre qui semblait décider de tout.

Et il repartit à longues enjambées, entraînant son compagnon dans son sillage.

Louys retint Garin par la manche.

– Ne parle pas des reliques, souffla-t-il à voix basse.

Des reliques ? Pourquoi Garin en aurait-il parlé ? Il haussa les épaules. Ce Louys ne le connaissait pas : les affaires des autres, il ne s'en mêlait pas… Enfin, surtout quand elles ne l'intéressaient pas.

Il comprit enfin ce que voulait dire Louys, et son inquiétude : dans l'abbaye du Mont vivaient évidemment des moines. Si ces saints hommes découvraient l'existence de ces reliques, Louys serait dans de sales draps : ou bien ils les considéreraient comme vraies et accuseraient Louys de vol (car pour vendre de vraies reliques, il fallait avoir une autre allure, celle d'un riche marchand accompagné d'une escorte de serviteurs et de gens en armes…), ou bien ils les jugeraient fausses, et Louys était alors en état de péché pour avoir voulu tromper son prochain avec de faux objets sacrés.

Mais alors… pourquoi Louys se rendait-il au Mont ? se demanda Garin soudain intrigué. Impossible de lui poser la question maintenant.

– Trop tard !

Les quatre voyageurs demeurèrent là, au milieu du chemin, les bras ballants. La mer était au plus haut et barrait la route.

– Dieu du ciel ! s'exclama le plus jeune des moines, voilà un signe terrible ! Dieu ne veut pas que nous approchions de son sanctuaire !

Garin haussa les épaules :

– Il n'y a pas de signe ! La mer monte deux fois par jour, elle descend deux fois par jour. Le miracle serait qu'elle soit juste à son plus bas niveau quand nous arrivons.

Le petit moine rougit, le grand sec toisa Garin d'un air méprisant :

– Vos paroles sont déplaisantes, lâcha-t-il. Respectez le mot *miracle*, je vous prie.

Garin faillit éclater de rire, puis il se rappela à temps que s'il voulait manger ce soir (sa bourse et son estomac étant aussi vides l'une que l'autre) il fallait à tout prix qu'il puisse entrer au Mont. Se mettre deux moines à dos, ce n'était peut-être pas la meilleure solution.

– Moi, reprit-il en mettant théâtralement la main sur son cœur, je crois en Dieu tout-puissant, qui a créé les marées… les marées qui mettent deux fois par jour le Mont-Saint-Michel à l'abri des indésirables.

Ne sachant comment il fallait comprendre ces paroles, le jeune moine eut un regard effrayé. C'est alors que la petite troupe des pèlerins les rejoignit, et demanda aux deux moines de mener la prière jusqu'à ce que la mer se retire et permette d'accéder au Mont.

Garin jeta un regard désolé vers l'eau grise qui léchait le sable à ses pieds. Lui qui, justement, évitait d'assommer Dieu de prières constantes…

Il jugea prudent de ne faire aucune remarque et s'appliqua à remuer les lèvres avec les autres en émettant une petite mélopée destinée à donner le change. Il avait ainsi tout loisir de laisser vagabonder son esprit.

Cela le mena vers ce soldat mort, là-bas, sous ses pierres. Son regard fit aussitôt le tour de leur petit groupe : non, personne ne portait les vêtements du soldat tué, ni Anglais ni Français. Apparemment pas d'espion parmi eux.

Apparemment.

2
Dans les entrailles du Mont

Debout derrière sa fenêtre, le père abbé plissa les yeux. Là-bas, de l'autre côté de l'eau, trop loin pour qu'il puisse les distinguer, les pèlerins devaient attendre la marée basse pour rejoindre le Mont.

« Je me sens fatigué, songea-t-il. Il faudrait que j'abandonne la direction de ce monastère, mais à qui faire confiance pour me succéder ? Le frère Jean est un rêveur, Dominique incapable de prendre une décision, Robert trop vieux, François trop simple. »

Le père abbé regarda le ciel. Il était gris. Et la mer grise.

Trente ans passés dans ce monastère, trente ans que la mer l'isolait du reste du monde. Trente ans de solitude.

Quelque part, loin peut-être, deux nouveaux moines étaient en route pour le Mont gardé par saint Michel. Quand arriveraient-ils ? À quoi ressembleraient-ils ? Deux nouveaux moines, c'était toujours une joie et une angoisse.

Garin s'assit sur le talus. Derrière lui, une vraie foule commençait à s'agglutiner : des pèlerins, surtout, qui arrivaient de Bretagne, de Normandie ou de France, et aussi des marchands. La mer commençait à se retirer, laissant sur le sable l'empreinte de ses vagues, et quelques flaques, qui luisaient dans la pâle lueur du soleil déclinant. L'ombre du colosse de pierre s'allongeait maintenant sur la grève, comme s'il cherchait à atteindre la terre ferme du bout de ses doigts pointus.

– Regardez, souffla une voix près de lui, il n'y a plus d'eau. Elle s'est enfuie. Dieu n'est donc pas contre nous !

Le jeune moine, les mains jointes, contemplait le Mont avec ferveur. Garin ne fit pas de commentaire. La mer qui se retire, ce n'était pas bien original, il l'avait déjà vu mille fois dans sa vie, mais ici... c'était hallucinant ! Elle avait disparu, totalement disparu, et le Mont semblait maintenant simplement assis sur le sable luisant.

– Quelle chance ! reprit le moine. Quelle chance pour moi d'être admis dans ce monastère !

– Nous pouvons aller, frère Raoul, interrompit le grand moine sec.

– Je vous suis, frère Sévère.

Sévère ? Eh bien, en voilà un qui portait bien son nom !

La foule se leva, des hommes, des femmes, des enfants, une multitude incroyable, qui se répandit sur la grève en entonnant des chants pleins de ferveur. Garin arrêta Louys :

– Attendons un peu, laissons passer ce flot humain : j'ai horreur d'être bousculé.

Louys leva la tête vers l'étonnant ballet des oiseaux qui planaient en piaillant, à la recherche de poissons ou de coquillages piégés par le retrait des eaux :

– N'attendons pas trop, dit-il d'un air circonspect. La mer risque de remonter, et si elle revient aussi vite qu'elle est partie… Par saint Louys, je n'ai jamais vu une chose pareille !

Garin regarda vers l'horizon, et l'inquiétude le saisit : Louys avait peut-être raison. Il lui emboîta le pas.

Le Mont semblait tout près, et pourtant on marchait déjà depuis longtemps sans avoir l'impression de progresser. Se faufilant entre les nuages noirs, le soleil dorait maintenant les gigantesques murs, véritable armure de pierre, qui se poussaient, s'étalaient, grimpaient en remparts énormes. D'innombrables fenêtres coulaient leur regard entre les contreforts puissants qui retenaient l'abbaye sur son rocher pour l'empêcher de glisser vers la mer. Et tout là-haut, dominant le monde, le clocher de l'église s'élançait vers le ciel. Le doigt de Dieu.

À mesure qu'il s'approchait et que le Mont grossissait, Garin se sentait de plus en plus impressionné, intimidé, ému.

« C'est là que je vais », se répétait-il avec émerveillement.

À mi-pente, il apercevait des jardins qui dévalaient jusqu'au village massé en bas. Y vivre devait être enthousiasmant ! Allait-il trouver du travail à l'abbaye, un lieu où, en principe, tout le monde sait écrire ?

On verrait bien !

Le village n'ouvrait qu'un seul accès aux grèves, une seule rue, qui canalisait la foule. On aurait dit un entonnoir, absorbant chapeaux et manteaux pour les broyer. Portés par un mouvement qu'ils ne contrôlaient plus, Garin et Louys se retrouvèrent dans la rue étroite, étouffant, suffoquant.

On n'y voyait rien, et si on tournait la tête pour ne pas avoir le nez collé à la cape mouillée du voisin, on risquait de se faire cogner par le bâton du suivant, ou arracher l'oreille par un sac armé de médailles. La rue entière était bordée de boutiques, vendeurs de cierges et de souvenirs, fabricants de médailles, batteurs d'étain ou hôtelleries.

– Crédiou ! grogna Garin en recevant un coup de bâton ferré sur le pied. On est à l'abri des flots, maintenant, alors attendons un peu, je n'ai pas envie de me faire estropier.

Il tira Louys sur le côté et ils s'engouffrèrent dans la première échoppe qui s'ouvrait à gauche, une boutique regorgeant de médailles, de coquilles Saint-Jacques en argent ou en étain qui portaient, gravées en relief, toutes sortes de scènes (surtout des images de saint Michel en train de terrasser le dragon).

– Vous désirez acheter quelque chose ? demanda un petit homme en s'extirpant de l'arrière-boutique.

– Euh… c'est que…

– J'ai des médailles de toutes tailles, rondes, ovales, ou en forme de coquille. Je peux vous graver le motif que vous désirez.

– … Peut-être un autre jour, dit Garin. Nous attendons juste que la foule finisse de passer.

– Ah ! s'exclama le vieil homme, c'est comme ça à chaque marée, surtout depuis que les soldats ont quitté la contrée.

Louys contemplait toutes les merveilles de la boutique avec ravissement.

– Ça pourrait se revendre facilement, remarqua-t-il.

– Ah non ! protesta le marchand. Celui qui achète ici ne peut pas revendre, ce serait malhonnête, car on ne peut porter ces insignes que si on est venu soi-même en pèlerinage au Mont : pas de tricherie.

Il sembla réfléchir un instant, puis il ajouta :

– La seule chose qui puisse se revendre, c'est…

– C'est ? demanda Louys intéressé.

– … On dit que certains sont prêts à payer pour avoir le simple droit de toucher la médaille de saint Michel.

– Alors ça ! s'ébahit Louys. Juste toucher ?

Garin ne put s'empêcher de rire :

– Eh bien ! Voilà une marchandise avantageuse, qu'on peut vendre sans s'en dessaisir.

– Sans même qu'elle diminue ! ajouta Louys avec ravissement.

Puis, s'adressant au fabricant de médailles, il conclut :

– Je suis votre homme ! Faites-moi une médaille belle, et grosse, et qui représenterait…

– Tu ferais mieux de réfléchir, conseilla Garin. Cette médaille, tu la garderas toute ta vie.

– Prenez votre temps, renchérit le marchand. J'ai des chambres, que je loue pour moins cher que l'auberge, vous pouvez y passer la nuit.

Louys accepta avec empressement. Garin, lui, refusa : d'abord, il avait faim et voulait monter jusqu'à l'aumônerie[1], ensuite il était ici pour gagner de l'argent, pas pour en dépenser. Il fit ses adieux à son compagnon d'un jour et poursuivit son ascension vers les hauteurs de l'abbaye.

La rue se finissait par un escalier immense, raide. De là-haut, on voyait loin, très loin, le sable à perte de vue, la terre tout autour, le village tassé en bas.

1. Salle d'une abbaye où l'on distribue l'aumône aux voyageurs et aux pèlerins sous forme de nourriture.

Le village... Garin demeura pensif : au fait, que faisait Louys au Mont ? Pourquoi était-il venu ? Il avait oublié de le lui demander.

Quand on pénétrait dans l'enceinte de l'abbaye, on n'avait guère de choix, on était guidé immédiatement à droite vers l'aumônerie, une salle tout en longueur qui puait la sueur et l'humidité. Les pèlerins trop pauvres pour loger à l'hôtellerie s'y étaient assis par terre ou sur les quelques bancs de bois qu'on réservait aux plus malades et ils s'attaquaient déjà au morceau de pain qui leur avait été distribué.

Ahi ! Voir manger était fatal à l'estomac de Garin. Il entreprit donc courageusement de longer l'énorme mur contre lequel s'égouttaient les capes, d'enjamber les corps fatigués pour parvenir au lieu béni où semblait se faire la distribution.

Devant lui, la queue des miséreux qui attendaient l'aumône l'arrêta. Non, il ne pouvait pas... Cette foule humide, cette odeur de pourriture et de crasse, il ne supportait pas. Cela lui rappelait trop l'entassement dans lequel il avait passé son enfance : dans l'unique pièce enfumée de leur masure, les grands, les bébés, six par lit où trois auraient à peine pu dormir, les odeurs rances... Ah ! non ! S'il avait quitté ce bouge infect, ce n'était pas pour retrouver la même chose ici !

Il balança un moment entre son besoin viscéral de manger et son envie de fuir. C'est alors qu'il entendit dans le mur, près de son oreille, un grand bruit de chaînes. Dans un trou à sa gauche apparut comme par miracle une montagne de pains coupés en gros triangles, sur un large plateau qui semblait descendre du ciel.

Sans l'ombre d'une hésitation, il se saisit d'un morceau et fila vers la sortie.

Dehors, la pluie s'était remise à tomber. Levant la tête, il tenta de comprendre de quel endroit pouvait bien descendre ce pain. Il faisait déjà très sombre, si bien que la seule chose qu'il put remarquer, c'est que l'aumônerie ne constituait que le rez-de-chaussée d'un bâtiment énorme qui comportait deux autres étages, très élevés. Au plus haut, on apercevait une lueur. Celle des cuisines ? Était-ce de là qu'on leur envoyait cette manne miraculeuse qui calait si bien l'estomac ?

– Entrez donc ! proposa une voix derrière lui.

Un grand et gros moine se tenait dans l'embrasure de la porte, avec sur son visage rond un sourire bienveillant.

– Je suis le frère aumônier, reprit-il. Cette demeure est la demeure de tous les pauvres, il ne faut pas avoir honte d'y entrer.

– Je n'ai pas honte, déclara Garin avec un peu de fanfaronnade, mais je ne suis pas pauvre, c'est pourquoi…

Quelle prétention ! Qu'était-ce donc, « être pauvre » ? Il n'avait pas un sou en poche, ni la moindre miette de nourriture. Quant à revendre ses habits, il n'y fallait pas compter : ils étaient si râpés que seul un mort n'aurait pas froid dedans.

– J'ai un métier, reprit-il. Je gagne ma vie : je suis scribe. Et justement, je me demandais si…

– Scribe ! interrompit le moine comme s'il venait d'avoir une illumination.

Garin avait peine à croire que c'était bien lui qui produisait cet effet, pourtant l'aumônier poursuivait :

– C'est notre chantre, qui va être content ! Suivez-moi, voulez-vous ?

Et, sans prendre la peine de s'assurer que Garin cherchait bien du travail, il l'entraîna dans l'aumônerie.

Garin avait du mal à réaliser. Craignant de baigner en plein rêve, il demanda :

– Euh... Vous voulez dire qu'il y aurait du travail pour moi ?

– Du travail ! s'exclama de nouveau le gros moine en levant les bras au ciel. S'il y a du travail ?

C'est tout ce que Garin put en tirer.

Ils fendirent la foule jusqu'au fond de la salle, passèrent une porte et se retrouvèrent dans une seconde pièce, presque aussi vaste que la première, très sombre, coupée de lourds piliers carrés. Malgré l'obscurité, Garin distinguait des barriques alignées, et aussi l'odeur affreusement délicieuse de la saucisse.

– Nous sommes dans le cellier, commenta le moine à voix basse.

Puis, profitant du calme qui régnait ici, il expliqua :

– Du travail, il y en a beaucoup. Quand je pense qu'autrefois, au Mont, nous avions un véritable atelier de copistes, des dizaines de moines copistes ! Les commandes nous arrivaient de partout, des nobles, des gens d'Église, de tous les grands de ce monde. Ils ne voulaient que les plus adroits pour reproduire les missels, les traités de théologie, ou même des livres d'astronomie. Nous avions ce qu'ils cherchaient : les meilleurs copistes, les meilleurs enlumineurs !

Garin se sentit une petite crispation dans les épaules. Lui n'avait pas fait de longues années d'études, et son écriture était lisible, sans plus. Pas d'ornements, pas d'enluminures, il craignait de ne pouvoir rivaliser avec ces fameux copistes.

L'air froid du dehors le surprit. Il faisait nuit. Ils venaient de ressortir par l'autre bout du cellier et descendaient quelques marches. Le gros aumônier ne semblait pas avoir besoin de la moindre lumière pour se diriger, tandis que Garin ne pouvait s'empêcher de mettre ses mains en avant, de peur de rencontrer un obstacle. Comble de malchance, ce maudit habit noir qu'arboraient les moines du Mont-Saint-Michel n'aidait vraiment pas à les voir dans la nuit !

Il faillit s'affaler sur les premières marches d'un escalier.

– Prenez garde, dit l'aumônier (il était bien temps !), nous remontons.

– Je vois, ironisa Garin... Où m'emmenez-vous ? Voir le chantre ?

– Pas ce soir. Passé la dernière cloche, on n'entre plus dans la clôture. Il faut bien que nos moines aient un lieu de refuge. En dehors de l'aumônerie et de la salle des hôtes, toute la partie nord de l'abbaye est interdite aux visiteurs. Il y a des exceptions, mais jamais après la dernière cloche. Aussi... suivez-moi.

Je ne fais que ça ! se dit Garin un peu agacé, en pénétrant sous une sorte de porche encore plus sombre que le reste. Une porte s'ouvrit. Ah ! Là, il y avait une torche fichée dans le mur. Enfin un peu de lumière !

– Nous n'utilisons pas beaucoup ces bâtiments, commenta le moine en décrochant la torche.

Et tout en s'éloignant dans un couloir humide et glacé, il expliqua que les moines n'étaient plus très nombreux aujourd'hui, et que la partie de l'abbaye qu'ils traversaient était la plus ancienne. Elle avait été bâtie autrefois par Robert de Thorigny (jamais entendu parler...) et ne servait qu'exceptionnellement, pour les hôtes de marque.

Si Garin s'était fait la moindre illusion sur les dernières paroles de l'aumônier, il déchanta très vite : non, il n'avait pas droit aux appartements des hôtes importants, qui se trouvaient à l'étage du dessus, mais seulement à un coin de l'ancienne hôtellerie, où logeaient autrefois les *serviteurs* des hôtes importants. Il ne fallait pas tout mélanger !

À peine se fut-il choisi un bat-flanc de bois couvert d'une mauvaise paillasse, que la lumière disparut avec l'aumônier. Il lui resta juste ces quelques mots qui résonnèrent encore un moment sous les voûtes :

– Demain, revenez me voir à l'aumônerie.

L'aumônerie ? L'aumônerie… Comment la retrouver ?

Garin fut saisi par l'angoisse. La moitié de cette abbaye était complètement déserte et le silence pesait comme une main glacée sur sa poitrine.

Allons, il avait connu des situations pires !

Il tenta de siffloter doucement, mais son souffle s'éteignit tout seul… *Scribe. Demain, revenez me voir à l'aumônerie*… Le frère aumônier ne le prenait-il pas pour plus savant qu'il n'était ? C'est toujours tellement plus confortable de surprendre agréablement que de décevoir. Qu'est-ce qu'on attendait vraiment de lui ?

Il avait de fort mauvais pressentiments, soudain, et pour la première fois, il regretta d'être venu.

3

L'invisible frère Robert

Impossible de retrouver l'aumônerie ? Eh bien si !… En grimpant et en dévalant des marches en tous sens, en se perdant sur les terrasses, dans les couloirs, Garin finit par arriver en haut d'un escalier monumental, à ciel ouvert, qu'il choisit de descendre, puisqu'on ne pouvait monter. Il s'arrêta sur un gros caillou (un morceau du rocher d'origine qu'on n'avait pas réussi à intégrer dans le mur de l'église) et observa sur sa droite l'enfilade de portes et de fenêtres de dimensions plus humaines, qui constituaient sans doute le logis de l'abbé. À quoi pouvait bien ressembler cet abbé ?

Curieusement, il n'y avait personne dans cet immense escalier coupé de paliers. Tout le monde était-il à la messe ? Quelle heure pouvait-il être ? Le ciel était si sombre qu'il ne donnait guère d'indications.

Continuant sa descente, Garin se retrouva à la porterie, où il était passé la veille. De là, aucun mal à repérer l'aumônerie ! Hé hé ! Un vieux routier comme lui ne se perdait jamais bien longtemps.

– Voilà ! C'est lui ! s'exclama l'aumônier en le voyant entrer.

Bien sûr, il est flatteur d'être bien accueilli, mais trop c'est trop ! Ces bons moines se faisaient des illusions sur ses compétences, il en avait grand peur.

L'homme auquel l'aumônier s'adressait était plutôt petit, avec une tonsure si large qu'on ne lui voyait plus de cheveux... Non : à la réflexion, il était chauve, tout simplement.

– Je suis le frère Guillaume, se présenta-t-il. Je suis le chantre de cette abbaye. Frère François, l'aumônier, me dit que vous êtes scribe.

– Je le suis..., confirma Garin avec réticence.

– C'est, poursuivit le chantre en lui prenant le bras pour l'entraîner dehors, que nous avons un tel retard !

– ... d'écritures, voulez-vous dire ?

– Oui, oui, d'écritures. Cette maudite épidémie[1] a emporté nos meilleurs copistes. Oh ! bien sûr, loin de moi l'idée de reconstituer notre ancien atelier ou de songer à la moindre enluminure, mais nous avons un besoin urgent de scribes, ne serait-ce que pour retranscrire les chants à destination des novices, et tant d'autres choses... Vous avez une belle écriture, au moins ?

– Ma foi...

Mentir serait maladroit : on le démasquerait vite.

– Je puis m'appliquer, finit prudemment Garin.

Après tout, il ne détestait pas dessiner quelques

1. Épidémie de peste, qui ravagea l'Europe à partir de 1348.

belles lettres ornées. Le problème, c'est qu'il n'en avait guère l'occasion : il était très fort pour établir rapidement une reconnaissance de dettes sur un vieux parchemin rongé par la vermine, ou une liste de biens en serrant les mots au mieux pour économiser les feuilles. Il était même passé maître dans l'art de l'abréviation, il aurait pu faire tenir la liste des ennemis du roi sur une peau de sauterelle anémiée.

– Vous n'avez aucun copiste ? demanda-t-il.

– Non... Enfin, il y a bien le frère Robert, mais... enfin... C'est vrai, il faut que je vous présente à lui.

Hum hum... Il y avait donc déjà un copiste. Un bon copiste ? Ce que signifiaient ces « enfin », Garin n'osa pas le demander. On verrait bien.

Ils montèrent ensemble un escalier étroit qui, les haussant d'un cran sur les flancs du Mont, les mena au premier étage de cet énorme bâtiment dont l'aumônerie et le cellier constituaient le rez-de-chaussée.

On pénétra dans le bâtiment, on passa deux petites chapelles pour déboucher dans une grande salle éclairée par de hautes fenêtres. À cet étage, tout paraissait encore plus imposant qu'en bas. Écrasant. Garin n'eut pas le temps d'observer quoi que ce soit, car ils ressortirent aussitôt... Pourquoi alors étaient-ils entrés ?

– C'est très haut, ne put-il s'empêcher de remarquer.

Et sa phrase lui parut vraiment sotte, ne rendant aucun compte de ce qu'il éprouvait.

– C'est vrai, confirma le chantre en baissant peu à peu la voix. Moi-même, je l'avoue, j'ai une grande admiration pour les bâtisseurs de cet ensemble, qu'on appelle à juste titre « la Merveille ». Il a fallu d'énormes contreforts pour le tenir sur le bord du rocher… C'est que la place est rare, ici. Ne pouvant nous étaler, nous avons dû construire en hauteur.

Ce deuxième étage semblait distribué comme le premier et quand, après avoir longé la façade, ils y péné-

trèrent par une autre porte, ils se trouvèrent dans une seconde salle, également immense.

– Ah ça ! je m'en doutais, grogna le chantre. Frère Robert n'est encore pas là !

Rien qu'à l'odeur qui régnait ici, on pouvait sans se tromper deviner qu'on s'y éclairait à la graisse de mouton. Garin ne vit d'abord qu'un foisonnement de colonnes trapues, reliées entre elles par des tringles de bois qui soutenaient des tentures pour l'instant repliées. Il n'y avait effectivement personne.

Sur le mur d'en face, deux cheminées, dont l'une était allumée… Se pourrait-il qu'il ait la chance de travailler ici, au chaud ?

– C'est… l'atelier des copistes ? demanda-t-il avec espoir.

– Oui, c'est le scriptorium.

Hum… Le mot était compliqué mais l'endroit agréable. Trois hauts pupitres se dressaient, des pupitres doubles, sur lesquels on pouvait poser deux manuscrits dos à dos… Lui qui n'officiait le plus souvent que sur sa petite écritoire ou sur un coin de table, se sentit devenir soudain important.

Sur le côté étaient entassés d'autres pupitres, inutiles pour l'instant, faute de copistes. D'ailleurs, même les trois qui se trouvaient en service n'avaient pas d'occupant, et un seul, près de la cheminée, portait un parchemin en cours d'écriture. C'était probablement là qu'aurait dû être assis le fameux frère Robert.

Le chantre traversa la salle à grands pas et ouvrit une porte de l'autre côté. Il y avait là une pièce minuscule, occupée par un siège percé : les latrines. Le frère Robert ne s'y trouvait pas non plus.

Des latrines à côté du scriptorium ! Hé hé, voilà un monastère où on n'allait pas se geler les fesses au grand air ! Décidément, ces lieux offraient bien des avantages.

Le chantre referma la porte avec un soupir excédé.

– Je dois m'occuper de tout moi-même ! grogna-t-il. Le parchemin, les plumes, les livres, les réparations, et puis les novices, les chants, l'église et même…

Il s'arrêta soudain et détailla Garin d'un œil inquisiteur.

– … et même fournir les vêtements aux scribes.

Garin sourit : voilà encore une bonne nouvelle ! Décidément, les choses s'arrangeaient beaucoup mieux qu'il ne l'avait craint.

Le chantre ajouta :

– Vous serez aussi admis à la table des moines, et vous aurez accès permanent à la clôture.

Pas de problème – Garin savait maintenant ce qu'était la clôture – et le fait d'y avoir ses entrées lui donna, pour la deuxième fois, le sentiment de n'être pas n'importe qui. Cela lui parut bien agréable.

– En revanche, ajouta le chantre à voix de plus en plus basse, vous serez tenu d'y respecter la règle du silence.

Ahi ! Il fallait bien se douter qu'il y avait une arête dans le poisson. Le silence ?

– Éviter de faire du bruit ? demanda-t-il en redoutant le pire.

– S'abstenir totalement de parler. Aujourd'hui, c'est particulier : vous êtes nouveau et il me faut vous informer, cependant quand vous serez installé avec nous, vous devrez vous conformer à notre règle.

Garin se sentit soudain pris au piège.

– Seul le cloître, finit le chantre, est lieu de liberté de parole… En se limitant bien sûr aux communications importantes.

Bien sûr… Une chape de plomb tomba sur les épaules de Garin. Résisterait-il, lui dont la langue avait un besoin maladif de s'agiter ?

Que faire ? Dans les campagnes alentour, les soldats avaient tout raflé. Plus personne n'avait le moindre argent pour payer les services d'un scribe. Avait-il le choix ?

« Je serai habillé et nourri... » se répéta-t-il.

Nourri : ainsi, sa langue lui servirait au moins à manger, ce qui n'était pas à négliger par les temps qui couraient.

Garin était si préoccupé qu'il ne s'aperçut pas combien l'escalier qu'ils gravissaient était raide. Le chantre s'arrêta sur une marche pour souffler un peu et en profita pour expliquer :

– Nous allons arriver au niveau le plus haut du Mont, celui de l'église. C'est l'endroit même où saint Aubert a bâti sa première chapelle.

Garin n'avait jamais entendu parler de saint Aubert. Il n'en dit rien. Mais le moine, par habitude sans doute de côtoyer les pèlerins, continua sur le ton de la récitation :

– Quand l'archange saint Michel apparut à saint Aubert, il lui ordonna de construire une chapelle sur ce rocher. Et pour lui faire bien comprendre sa volonté, il lui enfonça le doigt dans le crâne, et y fit un trou.

– Je comprends l'archange saint Michel, dit Garin, il voulait avoir une belle vue.

– Belle vue... oui, soupira le chantre. Belle abbaye. Mais mauvais pour les rhumatismes.

La phrase prit tellement Garin au dépourvu qu'il faillit éclater de rire. Il mit sa main devant sa bouche et fit semblant de rétablir l'équilibre de son écritoire.

– Ce saint crâne, percé d'un trou, nous le possédons toujours. C'est notre richesse. Je vous montrerai...

Ils pénétrèrent dans l'église par le flanc. Ici, l'odeur était celle de la cire, des cierges offerts par les pèlerins. Sur la droite, une longue file de colonnes indiquait la direction de l'entrée principale. L'œil en alerte du chantre fit aussitôt le tour des lieux. Garin ignorait totalement à quoi pouvait bien ressembler ce fameux frère Robert, ce qui lui interdisait de participer aux recherches.

À première vue, il n'y avait de monde que du côté du chœur : un groupe de pèlerins en prière devant un bouclier et une courte dague. Était-ce là cette si célèbre « épée de saint Michel » ? Garin se sentit terriblement déçu par sa petite taille. Il aurait bien demandé confirmation au chantre, mais celui-ci paraissait tellement préoccupé qu'il y renonça. Sacré frère Robert !

Afin sans doute de ne pas s'avancer devant Dieu dans le sentiment d'agacement où il se trouvait, le chantre prit une travée latérale. Il paraissait ruminer son ressentiment et pourtant, par habitude, il ne put se retenir de chuchoter au passage :

– Ici, vous avez l'autel Saint-Nicolas. Ici l'autel Saint-Sauveur. Là l'autel Saint-Léonard.

Ils firent le tour de l'église au pas de charge et revinrent vers le chœur par l'autre côté. Toujours pas de frère Robert ! Comme les pèlerins refluaient vers la sortie principale, le chantre s'approcha du grand autel.

– Les saintes reliques d'Aubert…, murmura-t-il en mettant un genou à terre.

Agenouillé près du moine, Garin leva les yeux vers la longue châsse d'argent, tout ornée de figures gravées, dans laquelle se trouvaient apparemment les ossements du saint. Puis il aperçut sur le côté un autre reliquaire, décoré comme le premier, mais de forme cylindrique.

– C'est le crâne de saint Aubert ? s'enquit-il à voix basse.

Le moine inclina simplement la tête.

– Puis-je le regarder ? demanda Garin curieux de voir ce fameux trou dans ce fameux crâne.

– C'est tout à fait impossible. Le reliquaire est scellé.

– Scellé ? Pourtant, il me semble qu'il est entrouvert.

Le visage du chantre se figea. Il fixa d'un regard anxieux le reliquaire d'argent, puis, sans égard pour l'endroit sacré où il se trouvait, bondit sur ses pieds et saisit à deux mains la boîte ouvragée.

Ses doigts se crispèrent. D'un mouvement lent, plein de crainte, il souleva le couvercle. Il demeura immobile. Son menton se mit à trembler.

– Saint Aubert… n'est plus ici… On nous a volé saint Aubert ! On nous a volé saint Aubert !

Il criait maintenant sans même en avoir conscience. Heureusement, les pèlerins venaient de refermer la porte derrière eux.

– Mon Dieu, bredouilla-t-il encore, mon Dieu ! Le crâne a été volé ! Le chef sacré de notre grand saint… La tête où l'archange saint Michel avait enfoncé son doigt ! Malédiction ! Malédiction !

4

Qui peut voler un crâne ?

Ah vraiment, son séjour à l'abbaye commençait bien ! Le frère Robert s'était volatilisé, et on avait volé le crâne de saint Aubert.

De là à relier entre elles les deux disparitions, il n'y avait qu'un pas. Pourtant, ce ne fut pas cette pensée qui vint immédiatement à l'esprit de Garin, mais…

Le chantre avait disparu sans qu'il sache comment. Tout en réfléchissant, il se dirigea vers la porte principale de l'église et sortit.

Le vent le suffoqua d'un coup. Il se trouvait sur une grande terrasse dominant la mer, au plus haut du Mont… La mer si loin… la terre si loin… baignées d'une brume irréelle. On était là au-dessus du monde, on était Dieu.

Garin s'avança avec prudence jusqu'au muret de pierre qui ceinturait la terrasse. Celui qui avait quitté l'église en emportant le crâne aurait facilement pu s'en débarrasser en le jetant ici. Brrr… un à-pic vertigineux. Un mauvais coup de vent qui vous arrachait au parapet, et c'était la chute dans le vide, la mort certaine. Garin recula. Bah ! pourquoi aurait-on jeté le crâne ici ? Quand on vole un objet aussi précieux, ce n'est pas pour s'en défaire aussitôt !

Deux moines parurent à l'angle de la terrasse et le considérèrent un moment sans rien dire, puis ils levèrent leur regard vers l'horizon et ne s'occupèrent plus de lui. Ils prenaient leur tour de garde. Leur visage était impénétrable. Étaient-ils au courant de la disparition de la relique ?

Lui, en tout cas, avait une petite idée, qu'il faudrait vérifier d'urgence. Bon, il fallait qu'il redescende, mais par où ? Le mieux était de reprendre le chemin parcouru avec le chantre. Il se faufila de nouveau dans l'église. Là-bas près d'un pilier, un moine était en prière. Il eut l'impression qu'il s'agissait de Sévère.

Il se glissa par la porte de côté.

S'il croyait retrouver sa route facilement, il se trompait : il avait dû tourner trop tôt dans le couloir, et voilà qu'il venait de déboucher dans une salle très sombre, plantée de grosses colonnes comme les autres, mais en très mauvais état : la voûte s'effritait en plusieurs endroits. C'était désert… Non, il n'était jamais passé là.

Au fond, la salle s'ouvrait sur… un couloir très haut, voûté. Là, il y avait un escalier. Descendre. Après l'escalier, une autre partie plane, puis une autre volée de marches. Garin s'appliqua à regarder à ses pieds, car les deux ou trois torches qui étaient censées éclairer les lieux n'avaient pas grande efficacité. Il ne reconnaissait rien. Où se trouvait-il ? C'est avec soulagement qu'il aperçut au bout un vieux moine à barbe blanche. Curieusement, celui-ci frappait de ses deux poings fermés à une porte tout aussi fermée. Il semblait que la règle de silence ne soit pas respectée par tous… Sans prêter la moindre attention à Garin, le vieux moine cria :

– Ouvre, frère Jacquemin, tu n'as pas le droit de me laisser à la porte ! C'est écrit dans les « Usages » : le frère infirmier n'a pas le droit de refuser l'entrée aux malades !

La porte s'ouvrit enfin, et un homme très maigre lâcha d'un ton courroucé :

– Cessez d'évoquer les Usages quand cela vous arrange, frère Robert, vous n'êtes pas malade !

– Comment oses-tu prétendre que je ne suis pas malade ? J'ai des fourmillements dans les pieds, et des élancements dans la tête.

– C'est à cause de vos dents pourries, répondit l'infirmier sans s'émouvoir, faites-les arracher.

– Les faire arracher ? Et comment je mangerai, moi, après ?

Garin observait la scène avec amusement… Ainsi, c'était là ce fameux courant d'air qu'on cherchait partout !

– Si vous êtes le frère Robert, intervint-il, le chantre vous cherche…

– Le chantre me cherche tout le temps ! grogna le vieux moine. À croire qu'il n'a rien d'autre à faire… Sans parler de l'autre, l'espion ! Pour eux, il faudrait que je sois tout le temps l'échine courbée sur le pupitre. On voit que ce n'est pas eux qui attrapent des maux de reins !

Garin se demanda vaguement qui le frère Robert pouvait bien qualifier d'espion. L'autre continuait :

– Toute la journée à travailler, non merci ! Mon dos en est tout plié… Et encore, je ne parle pas des lettres qui brouillent la vue, des pupitres qui écrasent le ventre et les côtes, des doigts qui se déforment. D'ailleurs, j'ai les mains toutes raides, je ne peux plus écrire.

– Justement, reprit Garin, je suis là pour vous aider. Je suis le nouveau scribe.

Le moine jeta à Garin un regard interloqué, instant dont l'infirmier profita pour refermer subrepticement la porte.

– Ah ! bougonna le vieux, voilà au moins une bonne nouvelle dans la journée !

Puis, s'apercevant que la porte de l'infirmerie s'était close, il y donna un violent coup de poing et lança d'un ton menaçant :

– Fais attention, infirmier ! Je te rappelle qu'à sa dernière visite l'archevêque t'a reproché de ne pas te confesser assez souvent. Si je m'en mêle, il pourrait t'en cuire !

Il jeta un bref regard à Garin et ajouta :

– D'ailleurs, si je disais tout ce que je sais, dans ce monastère…

Il eut un geste, comme pour chasser de vilaines pensées, et repartit à petits pas dans le couloir.

– L'infirmier, reprit-il, je peux le faire révoquer quand je veux. Il n'y a pas loin de la médecine à la sorcellerie, et quand je vois ce qu'il y a dans ses fioles… Des remèdes, qu'il prétend !… Des poisons, oui ! Si c'étaient des remèdes, il m'en donnerait.

Garin dissimula un sourire : s'il s'agissait de poisons, l'infirmier serait peut-être beaucoup plus tenté de lui en donner.

Sur les pas du vieux qui continuait de maugréer, Garin remonta le colossal couloir, traversa à droite la grande salle désaffectée. Là enfin il reconnut son chemin : en suivant le petit corridor de gauche, on parvenait tout simplement au scriptorium, paradis des scribes.

Au fait, puisque le frère n'avait pas disparu corps et biens, cela supprimait tout lien avec l'affaire du crâne ! Du coup, Garin en revint à sa première idée : il fallait absolument qu'il vérifie…

– Je reviens tout de suite ! lança-t-il.

Et prenant sa course dans le passage surélevé qui surplombait la salle, il faussa compagnie au vieillard.

Dans l'ombre, un moine en noir, le capuchon rabattu sur le visage, le suivit des yeux sans faire un mouvement.

Toujours courant, Garin dévala l'escalier vers la sortie de l'abbaye. Il fut arrêté à la salle des gardes et fouillé par deux moines en faction, qui ne voulurent donner aucun éclaircissement sur la raison de la fouille. Bah ! cette raison, Garin s'en doutait bien… Eh non ! ce n'était pas lui qui emportait le crâne de saint Aubert !

On le laissa repartir. Il franchit la voûte d'entrée et dévala à flanc de colline vers le village.

Là-haut, derrière une fenêtre, le moine sans visage fixait la maison où le garçon venait d'entrer.

Le jeune marchand de reliques était seul dans l'échoppe, à ranger des statuettes.

– Louys ! Tu es pour quelque chose dans cette histoire ?

– Quelle histoire ?

– Ne fais pas l'innocent : je parle du vol du crâne de saint Aubert. Remarque que ce ne sont pas mes affaires, mais je veux te prévenir que tu auras du mal à revendre une relique aussi connue.

– Je n'aurais aucun mal, répliqua Louys en ricanant. Les vrais amateurs de reliques se moquent bien de savoir d'où elles proviennent. Aucun mal si je l'avais volée, seulement...

Il fut interrompu par l'arrivée du propriétaire de la boutique qui s'écria d'un ton catastrophé :

– Comment ? On a volé le crâne de saint Aubert ?

– Apparemment, répondit Garin avec une certaine réticence, puisque le reliquaire est vide.

– Chut ! N'ébruite pas cette affaire : inutile que les pèlerins le sachent. On perdrait des clients.

Après un moment d'abattement, le marchand hocha finalement la tête d'un air dubitatif en remarquant :

– Cela m'étonne beaucoup. Saint Aubert est le fondateur de cette abbaye, il ne se serait pas laissé emmener comme ça...

– Vous croyez ? demanda Garin un peu éberlué.

– Je le sais. Un saint ne peut pas se laisser emporter s'il n'est pas consentant. Or, rien ne pourra me faire croire que saint Aubert ait accepté de quitter sa maison.

Pour moi, il n'a pas pu sortir de l'abbaye (il réfléchit un instant). Le père Abbé doit être dans tous ses états. Il faut que je voie...

Il ne dit pas ce qu'il allait voir, et sortit.

– Ça alors ! s'ébahit Garin. Ainsi, si tu es le voleur, tu ne risques rien, puisque tu peux toujours démontrer que saint Aubert a bien voulu te suivre, et que donc il n'y a pas vol.

– Je ne parierais pas là-dessus, et on dit que le Mont a des prisons infectes. De toute façon, je n'y suis pour rien. Ce serait d'ailleurs vraiment bête de prendre des risques : les fausses reliques se vendent très bien, inutile de se mettre en danger pour des vraies.

– Bon, conclut Garin, je te crois. Mais alors, peux-tu m'expliquer pourquoi tu es venu au Mont ? Pas pour vendre des reliques, pas pour en voler...

Le garçon fit une grimace qui plissa son nez :

– Eh ! lança-t-il enfin, pour que mes reliques prennent de la valeur ! Quand j'aurai l'enseigne du pèlerinage, je gagnerai la confiance des acheteurs. Peut-être même penseront-ils qu'elles viennent du Mont, pourquoi pas ? (Il baissa la voix.) Il paraît qu'il y a des tas de reliques, ici. Des tas. Personne ne sait combien. Celui qui a volé le crâne est un imbécile : il aurait pris des bras, des tibias de saints, des morceaux de la Croix, personne ne s'en serait aperçu.

Personne ne s'en serait aperçu... Garin trouva cette remarque étonnamment judicieuse. Il n'eut pas le temps d'y réfléchir davantage, car Louys l'entraînait dans l'atelier :

– Viens voir… Voilà le modèle que le marchand me fabrique.

Dans un épais morceau d'ardoise était gravé saint Michel écrasant sous ses pieds le terrible dragon. D'une main, il lui enfonçait sa lance dans la gueule, de l'autre il tenait une balance avec laquelle il pesait les âmes. Il y avait aussi un coq, un diable cornu, le bouclier sacré, un angelot sur une branche… Louys n'avait lésiné sur rien.

– Ce moule a été imaginé uniquement pour moi, commenta-t-il fièrement. On va y couler demain ma médaille en plomb. Là, les petits canaux sur le côté, c'est pour laisser s'écouler le trop-plein de métal. Dessous, je vais faire inscrire : « Et il y eut une guerre dans le ciel. Michel et ses anges combattirent le dragon. »

– Apocalypse, conclut machinalement Garin.

– Qu'est-ce que tu racontes ?

– Rien. Cette phrase est extraite de la partie de la Bible qui s'appelle l'Apocalypse.

– Comment sais-tu cela ?

Garin pouffa de rire.

– Bah... J'ai dû le recopier un jour pour quelqu'un, je suppose. Peut-être chez les moines de Bégard, où j'ai été en pension quelque temps.

– C'est ton père l'abbé, qui t'y avait mis ?

Tiens, c'est vrai, son père, l'abbé de Jérusalem, il l'avait oublié, celui-là ! Le problème du mensonge, c'est la mémoire : il faut se rappeler tout ce qu'on a dit. Il n'eut pas à répondre, puisque cela paraissait si évident à Louys qui chuchota avec admiration :

– Tu es savant !

Garin recommença à rire. Qu'était-ce « être savant » ? Juste en savoir plus, dans un certain domaine, que la personne à qui on parle ?

– Crédiou ! s'exclama-t-il soudain, il faut que je retourne au scriptorium !

L'abbaye lui fit une impression très surprenante... une impression de vide. Il n'y avait plus aucun pèlerin dans la partie haute. Les avait-on chassés ?

C'est l'aumônier qui lui apprit qu'on s'était contenté de les diriger vers la sortie en surveillant avec le plus de discrétion possible ce qu'ils transportaient. Parce que, si on craignait que le crâne sorte, on craignait encore plus que la nouvelle ne s'en répande.

– Il est regrettable que vous le sachiez vous-même,

déplora l'aumônier, mais nous ne pouvons rien y faire. Surtout, n'en parlez à personne, pas même aux novices !

Les novices, Garin ne les avait pas encore vus, mais il se sentit envahir par un sentiment de culpabilité : sans penser à mal, et même sans le vouloir, il avait déjà répandu la nouvelle. Il tenta de se convaincre que le village n'ébruiterait rien : commerçants, hôteliers, aubergistes, marchands de souvenirs, tout le monde ne vivait que des pèlerins. Personne n'avait intérêt à ce qu'on apprenne la disparition du crâne percé.

Dans le scriptorium, les tentures étaient tirées, ce qui signifiait sans doute que, par extraordinaire, le frère Robert se trouvait à son travail et qu'il avait fermé pour se protéger des vents coulis... à moins que ce ne soit pour dormir discrètement sur son pupitre.

Garin s'approcha. Le vieux moine se tenait dans l'espace le plus proche de la cheminée et fixait la plume qui reposait en bas du pupitre sans avoir le moindrement l'air de vouloir y toucher.

– Ah ! te voilà ! s'exclama-t-il sans aucun égard pour la règle du silence. Bon. Je ne suis pas encore fou... Ce n'est pas comme ce monastère ! Tout va à vau-l'eau, ici, et si saint Aubert veut s'en aller, c'est la fin de tout.

Ah ! Le frère était donc au courant...

– Il n'a peut-être pas quitté le monastère, fit observer Garin.

Voilà qu'il répétait les paroles mêmes du fabricant de médailles ! Il faudrait peut-être qu'il arrive à réfléchir par lui-même, non ?

–Mauvais signe, continua le frère Robert comme s'il n'avait rien entendu. Remarque bien, les malheurs ne datent pas d'aujourd'hui. Dans une seule année – bon an mal an – nous avons une quinzaine de pèlerins morts étouffés par la foule, vingt noyés dans la baie, douze enlisés dans les sables mouvants, sans compter les fièvres et maladies.

Il se tut un moment, considéra Garin et reprit :

–Néanmoins, aujourd'hui c'est pire, oui… tout de même, c'est pire. Juste le jour où tu arrives.

Vrai, ça tombait mal.

–De là à dire que c'est toi qui as volé…

Garin aurait protesté de son innocence si ce qui suivait ne lui avait pas séché les mots sur la langue.

–… ou alors, que saint Aubert a voulu partir parce que tu es arrivé.

Alors là c'était trop fort !

–Ça m'étonnerait, répliqua Garin. Pas plus tard qu'avant-hier, j'ai vu en rêve saint Aubert, qui m'a dit : « Garin, va sur le mont où j'ai mon église. Je suis en danger, toi seul peux me sauver. » J'ai demandé : « Quel danger ? » Saint Aubert m'a répondu : « On veut me faire quitter le Mont. – Et vous, ai-je demandé, vous voulez rester ? – Bien sûr, je veux rester : là est ma maison, là est la maison de Dieu. »

Tiens… à la réflexion, Garin aimait bien cette dernière phrase. Il faudrait qu'il se remémore ce dialogue. Ainsi qu'il se le disait tout à l'heure, le problème du mensonge, c'est la mémoire : il faut se rappeler ce qu'on a dit… sous peine d'être pris pour un menteur (vieux proverbe grec, traduit du flamand par saint Garin).

Maintenant, il fallait de toute urgence inventer une suite, quelque chose dans sa vie qui pourrait expliquer que saint Aubert l'ait choisi, lui, parmi tous les rien-du-tout, les traîne-misère, les mal-nourris…

Oh ! finalement c'était inutile : frère Robert semblait impressionné, en tout cas il le fixait d'un air très bizarre et Garin eut un court instant presque peur de ce regard.

– Mauvais présage, reprit le moine, si saint Aubert est parti, la malédiction est sur nous.

Il fit trois signes de croix très rapides, avec une dextérité étonnante, avant d'examiner Garin :

– Certains… certains risquent de se plaindre qu'on engage un scribe laïc pour recopier des textes sacrés. Très mauvais, ça.

Allons ! Lui dire ça à lui... qui avait été choisi par saint Aubert !

– Ça peut apporter le malheur sur ta tête, ajouta le moine, et sur l'ensemble du monastère.

– On ne va pas me confier de textes religieux, rassura Garin.

En tout cas, il l'espérait, car il ne tenait aucunement à passer ses journées sur des textes d'Église auxquels il ne comprendrait rien.

Le frère Robert leva des yeux intéressés :

– Oui, dit-il soudain en réfléchissant. Oui... Il faudrait que tu me copies d'abord le texte sur les Usages, que certains ne semblent pas connaître (il appuya sur *certains*). L'accord de 1258, qui régit le monastère. Et là, l'infirmier sera bien obligé de m'accepter.

Il se mit à taper du poing dans sa main en martelant :

– Car c'est dans les Accords sur les Usages !

– Je peux faire ça, répondit Garin d'un ton arrangeant.

– Oui... Oui... seulement j'ai perdu le texte. Impossible de remettre la main dessus. Ah ! Tout disparaît, ici, le parchemin neuf, les plumes. Sans compter l'encre qui se détériore, les courants d'air glacés... Et puis l'hiver qui vient, et les escaliers... Le nombre des marches m'a l'air d'augmenter chaque année... Et puis ici, travailler immobile, même avec le feu... Le froid qui gèle les pieds, engourdit les mains...

Il eut un petit silence, avant de se mettre, cette fois, à dodeliner de la tête :

– Enfin, l'hiver a du bon : on a le droit de dormir un peu plus, puisque la nuit est plus longue, et le camérier est obligé de nous fournir des bottes fourrées.

Il se pinça la joue d'un air pensif :

– J'espère que, cette année, on va enfin obtenir du pape le droit de faire du feu dans le dortoir. Bon. Quel travail dois-tu faire d'abord ? Le chantre te l'a-t-il dit ?

– Il a parlé de recopier des chants pour les novices.

– Ah oui ! Tant mieux, je déteste ça. Parce que, en plus des paroles de cantiques, il faut reproduire les notes de musique. Des carrés noirs, partout sur les lignes, sans se tromper de ligne... Tout s'embrouille.

– Euh... Les paroles sont en latin ?

– Évidemment, en latin ! Ne sais-tu point le latin ?

– J'ai été élevé par mon oncle, l'évêque Joachim, si bien que je n'ai parlé que latin jusqu'à l'âge de dix ans, répliqua Garin.

Ahi ! Comment allait-il faire ? En dehors des prières qu'on récitait par cœur, il ne connaissait rien au latin et ne l'avait jamais vu écrit. Il serait obligé de recopier lettre par lettre, sans comprendre. Ça commençait mal...

Comme il s'en doutait, le frère Robert ignorait tout (et pour cause !) de l'évêque Joachim, et n'osa pas le montrer.

– C'est bien, dit-il, c'est bien...

Puis il tourna sa corne à encre dans sa main et grommela :

– Tout de même, je me méfie des hasards...

De quoi voulait-il parler ? Garin n'aima pas le ton sur lequel il avait dit cela.

Un moine au capuchon rabattu, escorté de deux hommes armés, descendit à grands pas la rue du village et frappa à la porte du fabricant de médailles. Il ne dit pas un mot. Les gardes se renseignèrent sur la visite d'un dénommé Garin. Qui était-il venu voir ici ?

Quelques instants plus tard, ils remontaient vers l'abbaye, traînant un Louys qui protestait désespérément :

– Laissez-moi, je n'ai rien fait ! Ces reliques sont à moi, ce n'est pas Garin qui me les a données. Je n'ai rien fait !

Personne ne lui répondit. La petite escorte se dirigea vers la plus ancienne partie de l'abbaye, celle où se trouvaient les cachots.

5
L'ombre d'une menace

Au moment où on l'avait envoyé dormir chez les novices, Garin avait cru la journée finie. La suite des événements remit complètement en cause sa notion étroite de début et de fin de journée.

D'abord, la nuit s'annonça mal : le jeune garçon qui couchait sur la paillasse voisine se mit à s'agiter, à renifler, et enfin à sangloter franchement. Était-ce à cause de la disparition de saint Aubert ?... En tout cas, si les novices avaient eu vent de l'affaire, il n'y était pour rien !

Il demanda à voix basse :

– Qu'est-ce que tu as ?

– Rien.

– Tu as le rien bruyant. Écoute le mien comme il est silencieux.

Et il resta un moment sans respirer.

Cela sembla détendre légèrement son voisin, qui eut encore un petit sanglot, avant de se taire.

– Tu ne veux rien dire ? chuchota Garin.

Dans le dortoir se fit un « chchch », qui rappela Garin à la règle de silence. Ah vraiment ! Ils n'étaient pas drôles ! Chez les moines de Bégard, tout était moins rigoureux... Bon, il est vrai qu'alors il était trop jeune pour faire partie des novices. L'abbaye de Bégard... il y pensait maintenant sans amertume, même s'il n'avait été expédié là-bas que pour « retrouver le droit chemin »[1]. Il y avait appris à écrire proprement, à parler le breton, à chanter en latin. Pas si mal !

Il releva brusquement la tête. Une lumière venait d'apparaître à la porte. Elle se promena un court instant en l'air, puis disparut. Le pas du moine chargé de la ronde de nuit s'éloigna.

Pourquoi son cœur battait-il ainsi ? Il n'était pas coupable de la disparition du crâne ! C'est ce vieux fou de frère Robert qui l'inquiétait par son attitude plus ou moins accusatrice. Il se rallongea, et tenta de réfléchir au travail du lendemain, mais ses pensées s'embrouillèrent et, sans savoir pourquoi, il revit le visage menaçant de son père lorsqu'il desserrait sa ceinture pour frapper le premier qui se tenait à sa portée.

Avait-il dormi ? Il fut réveillé par une clochette qui s'agitait de façon intempestive et très agaçante. Suspendu entre ciel et terre, le visage fantomatique d'un moine troua la nuit. Ahi !

... Allons allons, ce n'était pas un fantôme : ce visage était seulement éclairé par une lanterne haut

1. Cet épisode est raconté dans *L'Inconnu du donjon*.

levée. Si on ne voyait pas le reste du corps, c'est qu'il était revêtu de noir !

Il n'y eut pas un murmure dans le dortoir. Son voisin de lit bondit sur ses pieds comme s'il sortait d'un rêve affreux. Ses dents claquaient. Garin sentait qu'il tremblait de froid en passant sa robe.

– C'est déjà le jour ? chuchota-t-il.

– Non. On sonne les matines, murmura le voisin un peu à contrecœur.

Matines ! On n'était qu'au milieu de la nuit et c'était déjà le premier office ! Il se fit un mouvement silencieux dans le dortoir ; glissant sur leurs chaussons de feutre, les novices quittèrent la pièce. Garin se coula de nouveau sous sa couverture. Il n'avait heureusement pas l'obligation d'assister à tous les offices, seulement aux messes. Il avait encore du temps pour dormir.

Dormir ? Il fut réveillé de nouveau par le mouvement des novices qui revenaient se coucher. Il faut dire qu'il avait toujours eu le sommeil léger : quand on passe la nuit au creux d'un fossé ou sur le bord d'un chemin et qu'on tient à la vie, on a intérêt à tenir ses sens éveillés.

« Dors, se dit-il, tu es en sécurité. »

Le temps de faire un court rêve (une plume d'oie qui se transformait en flèche et perçait le crâne de saint Aubert), et il fut de nouveau tiré du sommeil. Maudite clochette ! Tous les moinillons étaient déjà debout.

« Après matines, soupira Garin en se retournant, on doit en être à laudes. Il fait encore nuit. »

Son oreille distraite suivit les pas silencieux qui

s'éloignaient vers l'église, le frottement des robes sur les dalles glacées. Vraiment, il aurait détesté être moine ! Une vague honte le saisit de rester bien au chaud tandis que ces pauvres voix endormies allaient prier, prier pour tous, donc pour lui aussi.

Il n'arriva pas à retrouver le sommeil avant le retour des chaussons de feutre. On se recoucha sans un mot, mais vu la vitesse à laquelle son voisin s'abattit sur son lit, il ne s'était même pas glissé sous la couverture.

Quelle nuit ! Maintenant, impossible de fermer l'œil. Malgré lui, Garin guettait avec appréhension le prochain signal. Ahi ! Une grosse cloche, cette fois, qui le fit bondir sur sa couche, le cœur battant. De quoi réveiller tous les morts à dix lieues à la ronde ! Et il craignait que cette voix impitoyable ne l'appelle aussi. Il s'inquiéta auprès de son voisin :

– Qu'est-ce que cette cloche ?

Une chandelle s'alluma, puis une autre, et la faible lueur des maigres brins d'étoupe plongés dans la cire anima un peu la pièce.

– Prime, souffla le jeune garçon.

Déjà ? Prime, ça voulait dire que le soleil allait se lever. Garin étouffa un gémissement.

– Il y a une messe ?

– Bien sûr ! répliqua le novice d'un ton scandalisé.

Crédiou ! Une messe ! Garin se rallongea, les bras derrière la tête. Il n'irait pas.

Malheureusement, d'autres semblaient avoir pour lui des projets différents, car le chantre se précipita vers lui.

– Vous devez assister à la première messe, chuchota-t-il d'un ton sévère. Vous êtes ici dans un monastère ! Mais ensuite, vous ne participerez pas au chapitre, vous pourrez aller travailler.

Garin avait horreur qu'on lui dicte sa conduite. Il aurait bien envoyé le chantre au diable, mais il avait besoin de gagner sa vie. Et puis il se sentait un peu coupable vis-à-vis de ces pauvres novices qui en étaient à leur troisième lever.

Bon. Il posa le pied sur le sol. La messe, pas le chapitre. Pourquoi le chantre lui avait-il précisé ça ? Le chapitre était une réunion de moines, ça ne le concernait de toute façon pas ! Les novices y seraient-ils ?

Histoire de marquer sa désapprobation, il demanda ostensiblement à son voisin :

– Les novices ont voix au chapitre, dans cette abbaye ?

– Non, évidemment, chuchota l'autre, mais, exceptionnellement, nous y serons admis aujourd'hui. Nous pourrons nous accuser publiquement de nos fautes.

Tiens ! Est-ce que cela avait un rapport avec la disparition du crâne ?

– Tu vas t'accuser de quelque chose ? s'informa-t-il avec un certain culot.

– Oui. De ne m'être pas levé assez vite pour l'office de laudes et d'avoir songé qu'il faisait froid.

Garin demeura médusé : si ces broutilles relevaient de la faute, lui était sûrement en état de péché mortel ! Était-ce aussi un péché que de poser des questions indiscrètes ? Tant pis…

– C'est pour cela, que tu pleurais hier soir ?

Les novices de la rangée de matelas d'en face considérèrent Garin d'un œil sévère. Certains fronçaient même les sourcils. Oh ! Crédiou ! Ils l'agaçaient !

Assis sur son lit, il les regarda sortir sans faire mine de se lever. Après tout, il n'avait pas prononcé de vœux, lui, et n'avait aucune intention de se faire moine ! Il lui semblait qu'une messe par jour devait suffire à montrer de l'égard pour les gens qui vivaient en ces lieux de prière. Il irait à la prochaine, celle du milieu de matinée.

Il leva un regard surpris : une silhouette noire s'encadrait dans la porte, un moine dont le capuchon était rabattu sur les yeux et qui, sans dire un mot, d'un simple mouvement du bras, lui indiquait la direction que venaient de prendre les novices.

Garin en fut si stupéfait qu'il ne fut même pas capable d'ouvrir la bouche pour protester. Il enfila le surcot marron démodé donné par le chantre et sortit.

D'un pas rapide, il rejoignit la file silencieuse des moinillons qui longeait le cloître. Un peu en colère d'avoir obéi à un simple geste (de quelqu'un dont il ignorait tout !), il demanda au dernier de la file :

– On mange avant ou après le chapitre ?

Le jeune novice lui jeta un regard effaré. Puis, chuchotant d'une voix rapide :

– Seules comptent les nourritures spirituelles. Ton estomac attendra l'heure de sexte pour se rassasier. D'ici là, sa légèreté te permettra une réflexion sur le sens de ta vie ici-bas, et un total abandon à Dieu.

Sexte ! Sexte était l'heure où le soleil se trouvait au plus haut… et il n'était même pas encore levé !

Garin se demanda s'il devait accepter qu'on inflige ainsi à son estomac d'inutiles souffrances, puisqu'il n'avait pas fait vœu de se consacrer au service de Dieu.

Il se consola rapidement en se rappelant qu'il serait seul à ne pas assister au chapitre et que, pendant ce temps, il aurait tout loisir de fouiner un peu dans les coins, et d'avoir quelques lumières, peut-être, sur la disparition de saint Aubert.

Il en était là de ses réflexions quand il remarqua qu'on montait quelques marches. Un coup de vent froid indiqua qu'on passait à l'extérieur, puis il reconnut l'odeur de l'église. Ce qui était curieux c'est que, pour les offices de nuit, les moinillons n'étaient pas passés par là. Ils étaient sortis du dortoir par la porte du fond, celle qui donnait directement dans l'église. Voulait-on les réveiller au matin par la fraîcheur de l'air extérieur ?

Les moines étaient déjà regroupés près du chœur. La longue file des novices se glissa en demi-cercle devant eux. Quelques personnes se trouvaient dans la chapelle latérale. Pas des religieux. Les serviteurs, peut-être... Garin les rejoignit.

C'est alors que subitement, dans le silence profond de l'église, jaillit le chant. Garin en resta médusé. Les voix mêlées s'élevaient vers le ciel, presque matérialisées, comme une magnifique offrande à Dieu. Des voix d'hommes et d'enfants si bien accordées les unes aux autres, qu'on se sentait soudain transporté, et en même temps exclu.

Les voix se turent d'un coup, laissant un grand vide, et Garin se surprit à conserver en lui la dernière note, vibrante, qu'il ne savait nommer, mais qui le grandissait. Il comprenait enfin que, pour certains, la parole ne soit que médiocrité. Seul le chant... Pour la première fois de sa vie, il regretta de chanter aussi faux.

Quand le chant reprit, la magie de la surprise s'étant atténuée, Garin examina les chanteurs. Il n'y avait en tout guère plus d'une vingtaine de moines, et huit novices. Un seul ne chantait pas : son voisin de lit... Cela avait-il un rapport avec ses sanglots de la nuit ? Un regard de côté lui apprit qu'on avait remis à sa place le reliquaire censé contenir le crâne, et qu'on avait pris soin de le fermer. Il ne fallait pas décourager les pèlerins et, comme disait Louys, il n'y a que la foi qui sauve !

Pendant le reste de l'office, Garin tenta d'observer les visages. La lumière était trop faible pour qu'il voie tout le monde, et il n'aurait pas su dire lequel de ces moines l'avait expulsé du dortoir d'un doigt autoritaire. Finalement, le chapitre, il aurait bien aimé y assister : et si un moine se dénonçait pour le vol du crâne ?

Bon, ça ne le regardait pas...

Genre de phrase qu'il détestait et ne se prononçait que lorsqu'il ne pouvait pas faire autrement, quand les événements décidaient pour lui.

Quand tout se tut, les moines en longue file disparurent un à un par un escalier étroit qui s'enfonçait dans les profondeurs de la terre.

Personne ne les suivit. Garin et les serviteurs sortirent par la porte latérale. La nuit se dissolvait à peine dans les premières lueurs du jour. Comment retrouver le scriptorium ?

Bien sûr, il aurait pu le demander à un serviteur, mais il trouvait plus intéressant de tenter la chose tout seul. Et puis… il n'était pas si pressé ! S'il se trompait de chemin et que, par hasard, il découvre des endroits interdits et passionnants…

D'ailleurs, lorsqu'il aurait tout compris des escaliers et des couloirs, il faudrait qu'il trace, sur sa tablette de cire, le plan de ce monastère compliqué.

– Pauvre petit ! s'exclama un gros homme pansu à côté de lui.

Était-ce de lui qu'il parlait ? Non, car il ajouta :

– Ne plus chanter… pour lui ! Vous avez vu sa tête ? On dirait qu'il a pleuré toute la nuit.

Tiens tiens ! Ne s'agirait-il pas de son voisin de lit ?

Garin s'approcha des trois hommes qui profitaient de l'absence des moines pour bavarder un peu :

– Pourquoi ne chante-t-il plus ? interrogea-t-il.

– Il a quatorze ans, répondit un homme très blanc (le boulanger ?). Sa voix mue. Cela nous arrive à tous, bien sûr, mais pour lui et pour les autres, c'est terrible ! C'était la plus belle voix du monastère… Vous l'auriez entendue… Une merveille !

– Dieu a donné, Dieu a repris, dit un autre.

– C'est comme le jeune Léonard, vous rappelez-vous, le neveu du cellérier ?

– Il avait une voix, lui aussi… Eh bien, ensuite, sa voix d'homme n'était plus belle du tout. Il a préféré quitter le monastère et s'engager dans les armées du roi. Quel malheur !

Les serviteurs se dispersèrent sur ces considérations

pessimistes, et Garin se retrouva seul. Ainsi, les calmes murs des monastères pouvaient abriter des drames intimes.

Bon, pour lui, aucun drame : il avait toujours chanté plus faux qu'un corbeau et, Dieu ne lui ayant rien donné, ne pouvait rien lui reprendre. Hé hé… le secret du bonheur n'était-il pas de n'avoir aucun don ?

Il regarda autour de lui. Voyons… Devant, c'était le cloître… Il lui semblait que le scriptorium était à un étage inférieur, il faudrait donc descendre.

Oui… on avait tout le temps.

Il jetait un coup d'œil au cloître quand s'encadra dans le porche l'ombre noire au capuchon rabattu. Pris de court, Garin fit demi-tour et rentra dans l'église. Ce n'était pas possible, ce moine serait-il sans cesse sur son chemin ? Et pourquoi ne se trouvait-il pas au chapitre avec les autres ? Si maintenant on l'espionnait !

Cela lui rappela les mots de frère Robert : « l'espion », avait-il dit. Était-ce de celui-ci qu'il parlait ?

De l'autre côté de l'église, il avait repéré un escalier. Il descendrait par là. Le moine-espion ne semblait pas le suivre. En bas, une porte fermée. Il l'ouvrit discrètement et se trouva dans une minuscule chapelle voûtée. Il prit le premier couloir sur sa droite, et puis…

Il ne savait comment il avait réussi à regagner le scriptorium. D'escaliers en couloirs, il était passé trois fois dans le cloître, une fois dans la grande salle qui semblait être le réfectoire. Un vrai dédale ! Malheureusement, il n'avait rien découvert de captivant.

Personne dans le scriptorium. Pendant que Garin cherchait mollement son chemin, le jour en avait profité pour se lever en catimini et commencer à se glisser dans la pièce par ces hautes fenêtres qui avaient été si bien conçues pour donner de la lumière aux pupitres. Il jeta un coup d'œil par la large fenêtre percée entre les deux cheminées, puis ouvrit la porte qui donnait sur un petit balcon. Le vent du large envahit le petit espace, sifflant entre les dentelles de pierre qui le séparaient du vide effrayant d'en dessous. Sur la mer d'un gris pâle, en face, se dessinait une île. Tombelaine. Elle était aux mains des Anglais.

Il rentra vite se mettre au chaud et ranima le feu dans la cheminée. Bon. Au travail ! La veille, frère Robert lui avait juste donné un parchemin et une plume, mais de quoi disposait-on vraiment dans ce scriptorium ? Il fit un petit inventaire de ce qui se trouvait sur l'étagère... Des rouleaux de parchemin en veau – du beau ! – du chevreau, du cerf... de l'âne, du cochon. Plus loin, quelques livres déjà reliés. Visiblement, la bibliothèque ne se tenait pas dans cette pièce. Pourtant, il y en avait sûrement une quelque part. Où ? À l'abbaye de Bégard, on disait « Un monastère sans livres est une place forte sans vivres ».

Dans une grande boîte de bois, quelques plumes non taillées, des pierres ponces, quelques cornes à encre (vides), un scalpel, un rasoir à peaux, un poinçon... De l'encre, nulle part. Donc, il ne pouvait pas

se mettre au travail… ce qui ne lui causa aucune angoisse. « Vous êtes témoin, saint Garin, ce n'est pas de ma faute ! »

Il souffla un peu sur le feu et approcha ses mains des flammes.

Le chantre était entré sans qu'il l'entende ; Garin se redressa brusquement en apercevant le bas de sa robe. Il était accompagné de frère Robert qui semblait de mauvaise humeur, comme d'habitude, et portait un flacon sous son bras.

– Voilà de l'encre, bougonna le vieux en posant le flacon.

Le chantre leva les yeux au ciel, comme s'il était excédé, puis fit signe à Garin de suivre le frère Robert, tandis que lui-même sortait par la droite. Rien dans son allure ni sur son visage ne laissait deviner si le chapitre avait réussi à élucider l'affaire du crâne.

La petite porte de gauche, à laquelle Garin n'avait pas encore prêté attention, s'ouvrait sur un escalier en colimaçon dans lequel ils s'engouffrèrent.

– Nous montons au chartrier, prévint frère Robert toujours aussi peu à cheval sur la règle du silence. Nous n'avons pas retrouvé notre Grand Saint, il faut consigner sur le Livre la perte de la relique.

La dernière marche de l'escalier donnait dans ce chartrier dont Garin ignorait à la fois le nom et l'existence. C'était une toute petite pièce, une sorte de réserve contenant un amoncellement invraisemblable de reliquaires de toutes sortes et de livres reliés en cuir.

– Des reliques, marmonna le frère Robert, on en a à ne savoir qu'en faire, alors pourquoi celle-là, hein ? Pourquoi le crâne de saint Aubert ?

– On n'en a toujours pas de nouvelles ? osa Garin.

– Rien qu'ici, poursuivit le vieux moine sans prêter attention à sa question, se trouvent un pan du manteau de saint Michel, un morceau de la croix de saint Pierre, les vêtements de Marie-Madeleine, la mitre de saint Malo, la tunique et les cheveux de la Vierge, une dent de saint Matthieu, le linceul de saint Denis, et puis des ossements, innombrables ! Pourquoi a-t-on volé saint Aubert ?

Il passa le doigt sur un grand reliquaire d'argent et reprit :

– Il y a environ vingt ans, j'avais voulu commencer un inventaire des reliques, mais c'est trop dangereux. Certains reliquaires ont perdu leur inscription, et on ne sait plus ce qu'ils contenaient. Il aurait fallu ouvrir et regarder. Or, certains en sont morts...

– Morts d'avoir regardé ?

– Morts. Certaines reliques refusent le regard de l'homme.

Garin demeura interloqué. Décidément, ce monastère ne semblait pas de tout repos !

– Ouvre donc cette porte ! ordonna frère Robert, on ne voit rien, ici !

La porte qu'il désignait se trouvait de l'autre côté de la pièce.

Garin tourna la clé dans la serrure… elle donnait sur le cloître.

Ahi ! Là, dans le premier rayon du soleil, il venait de voir… une ombre projetée sur les dalles, une ombre terrifiante qui tenait un couteau. Il se rejeta en arrière et retira vivement la porte.

– Attention ! s'exclama le vieux frère avec colère, tu as failli faire tomber le Cartulaire, notre livre le plus précieux !

– Là…, bredouilla Garin.

Frère Robert rouvrit la porte avec agacement et c'est alors que Garin aperçut le chantre qui, traversant le cloître, venait vers eux d'un pas rapide. Il eut un mouvement involontaire pour lui faire signe de prendre garde, mais le chantre devait voir mieux que lui le danger… Pourtant, il continuait d'avancer sans ralentir.

Garin passa prudemment la tête par la porte : il n'y avait personne. Avait-il rêvé ?

C'est à peine s'il comprit ce que le chantre lui disait : il rapportait un volume à ranger au chartrier, un volume magnifique, tout orné de couleurs, comme seuls les moines d'autrefois savaient les peindre. Frère Robert grogna qu'on n'avait nul besoin de gravures et de couleurs : ce n'étaient que distractions inutiles, qui incitaient les jeunes à regarder les images au lieu de prier.

– Vous… n'avez vu personne, là-dehors ? demanda Garin au chantre.

– Dans le cloître ? Ma foi non. Je n'ai pas prêté attention.

Le frère Robert haussa ses maigres épaules et soupira d'un ton agacé :

– Bah ! c'est encore l'espion ! Il a vu que je n'étais pas au scriptorium, il s'est assuré que je suis bien ici !

– Il a raison, lâcha sèchement le chantre. Si chacun ici n'était pas un peu surveillé, le travail n'avancerait guère... et je parle surtout pour vous, frère Robert.

Le vieux bougonna entre ses dents des paroles incompréhensibles et pleines de colère.

Le moine-espion ? se demanda Garin... Avec un couteau ?

*

Louys essuya les larmes sur ses joues. Il ne fallait pas qu'il pleure, il fallait plutôt prier. L'odeur de pourriture infâme qui régnait dans ce cachot lui levait le cœur, attisant sa peur. Il faisait noir, et froid, et faim. Il n'osait pas s'asseoir, ni se coucher, dans ce bouge puant. Il n'y avait nulle sortie, que cette grille, très haut au-dessus de sa tête. Qu'allait-il devenir ?

6
Un monastère de tout repos ?

Garin aurait peut-être été plus inspiré de rester tranquillement au village avec Louys. Au lieu de ça, il passa sa matinée à tenter d'oublier les clameurs de son estomac vide. Le parchemin que frère Robert lui avait confié était vieux et portait encore les traces d'un texte ancien. Il le gratta au couteau et à la pierre ponce. Puis il ouvrit l'antiphonaire contenant les morceaux de musique qu'il devait recopier et, du bout de sa plume, s'appliqua à poser les notes carrées sur les bonnes lignes. Mais son esprit restait troublé par l'étrange apparition qu'il avait eue, et sa main tremblait un peu sur la page, d'autant plus que, comme l'exigeait le chantre, il essayait d'écrire sans la poser sur la feuille.

« J'ai faim, j'ai faim, j'ai faim ». Pour tromper son angoisse, il se répétait ces mots pour la centième fois, quand enfin la cloche de sexte carillonna. Quel bonheur ! Il allait manger et tout irait mieux. Vite, au réfectoire ! La veille, sa place n'étant pas prévue parmi les moines, il avait déjeuné et soupé à l'aumônerie, tandis qu'aujourd'hui tout changeait.

Pour trouver le chemin du réfectoire, il faisait confiance au frère Robert, qui connaissait le plus court, le moins fatigant, le moins froid. Ils quittèrent le scriptorium par une petite porte à droite, traversèrent la belle salle des hôtes, aujourd'hui déserte, et grimpèrent un petit escalier en colimaçon. Ils y étaient.

Le réfectoire se trouvait au sommet de la Merveille. La tête baissée, ils le traversèrent silencieusement pour aller se laver les mains dans le cloître, avant de revenir.

Lorsqu'on pénétrait dans le réfectoire par ce côté, on avait la curieuse impression qu'il n'avait aucune fenêtre, hormis celles du fond, et pourtant la pièce était très claire. Or, dès qu'on s'avançait, on apercevait une longue ouverture dans le mur du nord, puis une autre, une autre... un nombre invraisemblable de fenêtres là où l'on n'en avait d'abord vu aucune. De la droite venaient des bruits métalliques, des frottements et... des odeurs... Les cuisines.

Tous les moines étaient assemblés là, autour d'une seule longue table. Leur capuchon rabattu sur les yeux, ils se tenaient debout, immobiles. Frère Robert désigna à Garin sa place, entre le jeune moine Raoul qu'il avait rencontré en venant au Mont et le groupe des novices. Malgré la faim qui les tenaillait, tous se tenaient dignes derrière leur bol. Enfin une voix s'éleva pour réciter la prière. « Ce doit être l'abbé », songea Garin en tentant d'apercevoir le moine qui se tenait au centre. Il entendit les mots « *De verbo dei* » et un petit coup sur la table sembla donner un signal : dans un bel ensemble, les moines rejetèrent leur capuchon dans le dos, et s'assirent.

Le chef tout-puissant de l'abbaye était un homme ordinaire, assez âgé, avec des yeux cernés et l'air fatigué. Dès qu'il eut agité une clochette posée à portée de sa main, un serviteur s'approcha pour remplir les bols d'une soupe brûlante. Il régnait le plus grand silence. Chacun tenait la tête baissée, on n'entendait même

pas le bruit des cuillères. Et soudain, une voix s'éleva. Un peu en hauteur, dans un renfoncement du mur, le moine infirmier lisait d'une voix atone un passage des textes sacrés.

Crédiou ! On ne pouvait donc pas parler à table non plus !

Garin se vengea en observant les visages d'un œil inquisiteur. Lequel était le moine-espion ? La tonsure faisant à tous une coiffure identique, il était plus difficile de repérer les différences, à part frère Robert qui portait la barbe et les cheveux longs, et le chantre qui était le seul chauve.

Comme Garin continuait son tour d'horizon, il observa soudain une chose étrange : un moine venait de passer rapidement une main au-dessus de sa tête. Et en exécutant ce geste, il fixait, de l'autre côté de la table, quelqu'un que Garin ne pouvait pas voir.

Hum... La main au-dessus de la tête... Parlait-il du crâne ?

Un coup sur la table marqua la fin du repas. Soigneusement, chacun recueillit alors dans sa main les miettes de pain dispersées autour de son assiette et les versa dans un plat central. Il se fit ensuite un mouvement général vers la porte du fond qui venait de s'ouvrir sur le cloître. Garin suivit. Voilà qu'il se sentait mieux. Certains aspects du régime des moines lui convenaient parfaitement : ils avaient mangé du poisson et des fèves fort bien cuisinées, des poires et du raisin, et du fromage, et aussi bu du vin, qui permettait de mieux lutter contre la froide humidité des bâtiments. À dire vrai, cela l'avait grisé un peu, et il ne se sentait pas la vue très claire.

Le cloître ! Lieu de liberté ! Ses yeux s'arrêtèrent sur une petite sculpture en haut d'un pilier. Il y était écrit : « Dom Garin »

… Voilà qui était de bon augure ! Cela pouvait conforter son histoire de saint Aubert qui l'avait envoyé en mission ici !

Puisqu'on avait enfin le droit de parler, il savait à qui il allait poser la question qui lui pesait sur la langue… Toutefois, il faudrait se montrer prudent et diplomate.

Il colla aux pas du jeune moine Raoul qui se dirigeait vers la galerie la plus ensoleillée. Comment l'aborder ?

– Ce monastère est merveilleux…, tenta-t-il en essayant de prendre un air extasié.

Le jeune frère leva des yeux gais :

– Quelle chance d'y être admis ! Nous sommes ici si proches de Dieu ! Une chance merveilleuse ! Il n'y a pas si longtemps, les moines devaient s'inscrire sur une liste d'attente, car il ne pouvait pas y avoir plus de quarante religieux au Mont.

– Il n'y en a pas quarante, remarqua Garin.

– Non… Seulement vingt-quatre. Beaucoup ont été rappelés à Dieu.

Rappelés à Dieu ? Il voulait dire « morts »… Garin eut un regard méfiant pour le coin où il avait aperçu l'homme au poignard. Mourait-on ici de mort naturelle ?

– Nous sommes aujourd'hui moins nombreux, poursuivait le moine, il nous faut mieux unir nos voix pour étendre sur le pays notre manteau de prières.

« Prière »... voilà le mot qu'il fallait. Aussitôt, Garin saisit l'occasion :

– Et ce geste, est-ce aussi une prière ?

Et il passa sa main au-dessus de sa tête, exactement comme l'avait fait le moine à table.

– Où avez-vous vu cela ? s'étonna frère Raoul.

– À table. Pendant le repas.

– C'est curieux... Ce n'est pas un geste pour demander un aliment... À ma connaissance, il sert à réclamer le livre des Oraisons.

Garin fut un court moment déçu par cette explication banale... Mais enfin, Raoul pouvait se tromper, car on ne voyait pas l'utilité de demander un livre d'oraisons en plein repas !

– Pouvez-vous, s'enquit-il, m'indiquer qui est ce moine-ci ?

Et il désignait du regard un personnage au tour de taille imposant. C'est lui qui avait fait le signe.

– C'est le responsable du cellier et de l'approvisionnement du Mont, le frère cellérier, expliqua Raoul. Il parle avec le frère hôtelier.

Déambulant à pas lents, ils passèrent devant le groupe des novices qui récitaient au chantre leur leçon.

– Excusez-moi un instant, interrompit alors frère Raoul, il faut que je dise un mot au frère jardinier.

Il planta là Garin et s'engagea dans les jardins du cloître, entre les buissons bas et les touffes de plantes médicinales. Y avait-il indiscrétion à savoir ce que Raoul disait au jardinier ? Bah ! Une bonne petite indiscrétion réveillait l'imagination !

À ce que Garin comprit de la conversation, Raoul avait pour mission de remettre au jardinier des plants qui venaient de son ancien monastère.

Sans grand intérêt.

Par contre, la conversation entre le cellérier et l'hôtelier semblait beaucoup plus animée et surtout, elle avait lieu dans l'angle le plus sombre du cloître, près du dortoir des novices. En longeant en douce la double rangée de piliers, on devait pouvoir s'approcher sans déranger personne.

Les deux hommes parlaient à voix basse, or il se trouvait que, par bonheur, Garin avait toujours eu une excellente oreille.

– Du tout ! protestait le cellérier, ce n'est pas mon rôle. Voyez le bailli.

– Le bailli est chargé de me donner de quoi assurer les dépenses extraordinaires. Pas de fournir la nourriture quotidienne aux hôtes.

– Que croyez-vous ! s'énerva le cellérier toujours à voix basse. Nous ne sommes plus dans des temps d'abondance ! Les dons des pèlerins s'amenuisent, car eux aussi sont plus pauvres qu'autrefois.

– C'est à vous de vous débrouiller ! répliqua l'hôtelier sur un ton véhément. Cela fait partie des Usages.

– Nullement !

– Absolument !

– Prouvez-le, montrez-moi ce fameux Accord sur les Usages !

L'hôtelier prit un air furieux. Évidemment, Garin le savait, le fameux texte s'était volatilisé, pour le plus grand bien de certains, semblait-il.

Les deux moines se séparèrent sans se saluer, ce qui était assez grave dans une communauté comme la leur.

Ainsi, songea Garin, le frère hôtelier a grand besoin d'argent…

Garin fut dispensé de l'office de None, mais ne coupa pas à celui de Vêpres. Le nombre de messes, dans cette abbaye, passait l'entendement. On sortait de l'une pour entrer dans l'autre. Enfin… cette fois, Garin n'en fut pas mécontent : malgré ses nouveaux vêtements chauds et sa peau de mouton supplémentaire fournie par le chantre, il se sentait les doigts tout engourdis et tout crispés d'avoir trop écrit. Il commençait à comprendre les plaintes du vieux frère Robert, et le fait qu'il passe presque tout son temps à se chauffer au coin de la cheminée. « Pour que mes doigts retrouvent leur souplesse », disait-il.

Sans doute les doigts ne retrouvaient-ils jamais assez d'allant car, sur le pupitre, la page n'avait pas avancé d'une lettre depuis la veille.

L'office de Vêpres fini, restait à attendre la cloche annonçant le repas du soir. Garin rêvassait en supputant le menu du soir, quand il découvrit d'un coup le chantre auprès de lui. Crédiou ! Cet homme avait un don pour se fondre dans le paysage comme le crapaud dans la vase.

– Vous êtes convoqué chez l'abbé, murmura le moine.

Et sans en dire plus, il remonta l'escalier et disparut.

Convoqué chez l'abbé…

En suivant les indications de frère Robert, en grimpant et en descendant, à droite, à gauche, en traversant de petites salles obscures, Garin parvint enfin à la salle de l'Officialité, où il était convoqué.

C'était une pièce magnifique, avec des rayonnages pleins de livres (ah ! la bibliothèque !) et de beaux coffres de bois. Ses fenêtres ouvraient non pas sur l'immensité de la mer, mais sur le bras d'eau qui isolait le Mont de la terre ferme à chaque marée. On était ici certainement mieux protégé des vents du large.

– Ainsi, dit l'abbé de la voix ferme de ceux qui ont l'habitude de commander, vous êtes le nouveau scribe.

– Garin, c'est mon nom.

Il remarqua d'un bref coup d'œil la tonsure fraîche, la barbe bien rasée du chef de cette abbaye, son corps mince et sec (pas un goinfre…), le grain de beauté qu'il arborait entre les deux yeux qu'il essaya de ne pas regarder, sans pouvoir s'en empêcher.

– Garin… ?

Comme on lui demandait s'il avait un nom de famille, il déclara sans hésiter :

– Garin Troussediable.

Dans un monastère, ce n'était pas mal. Son vrai nom de Troussebœuf faisait un peu mesquin.

– Le frère chantre m'a dit, continua l'abbé sans relever l'étrangeté du nom, que vous avez malheureusement été mis au courant de ce vol terrible. Je vous ai fait venir pour vous demander un serment solennel.

Ahi ! cela devenait sérieux !

– Avez-vous, martela l'abbé, quelque chose à voir, de près ou de loin, avec ce vol ?

– Du tout ! s'exclama Garin avec sincérité.

– Bien.

L'abbé se dirigea vers un énorme coffre de bois, en souleva le couvercle et en sortit un reliquaire en forme de bras.

– Ceci, reprit-il, contient le bras de notre grand saint Aubert. Si vous n'êtes coupable de rien, vous allez le jurer en y posant votre main. Je vous préviens toutefois que si vous êtes le moindrement coupable, votre bras se desséchera et tombera.

Garin eut un mouvement instinctif de retrait. Crédiou ! Pourvu que saint Aubert ne se trompe pas !

Il avança une main un peu hésitante vers la relique.

Le contact du métal le glaça. Il jura rapidement. Rien ne se passa.

L'abbé soupira :

– Voyez, je ne vous accuse pas vraiment. Depuis un bon moment, je crois qu'il y a un traître parmi nous. Un pèlerin m'a dit sous le sceau du secret avoir vu dans une abbaye, qu'il a refusé de nommer, le doigt de saint Pair qui nous appartenait.

– Un traître… Un moine ?

– Hélas, oui. Bien des abbayes nous envient nos reliques, bien des abbayes souhaiteraient recevoir ne serait-ce qu'une toute petite partie des pèlerins qui viennent ici. Et comment attirer les pèlerins, sans reliques sacrées ?… Je voudrais vous demander, à vous qui êtes extérieur à notre monastère, si vous avez remarqué quelque chose.

Oui, Garin avait remarqué bien des choses étranges, dans ce monastère : des disputes entre l'infirmier et frère Robert, entre cellérier et hôtelier, et une ombre, et un couteau… mais comment dire cela ?

Il fit un signe négatif.

– Ne vous manque-t-il aucun moine ? demanda-t-il.

– Aucun. Pas pour l'instant.

– Vous… croyez qu'un de vos moines va filer avec la relique ?

– Cela s'est déjà vu. Dans un monastère du Sud, un des moines venant d'un autre monastère est demeuré dix ans avant de repartir avec de saintes reliques. Dix ans ! Je ne puis être sûr de personne.

– L'un d'eux serait donc malhonnête ?

– Malhonnête ! Comme vous y allez ! Seulement fidèle à son monastère d'origine, ce qu'on ne peut pas vraiment lui reprocher. Le coupable pourrait même être le plus saint de nos moines.

Ah bon ! Cela se compliquait. En tout cas, si l'affaire couvait depuis longtemps, deux moines étaient hors de cause : les deux qui étaient arrivés avec lui. Restait…

– C'est peut-être, proposa-t-il, quelqu'un qui a besoin d'argent.

– Besoin d'argent ? Nos moines ont fait vœu de pauvreté. S'ils ne possèdent rien, ils ne manquent non plus de rien.

Garin ne répliqua pas. Chacun ses affaires. L'abbé semblait si embarrassé qu'il proposa :

– Quelqu'un doit-il quitter prochainement l'abbaye ?

– Personne… si… enfin, un novice. Il a demandé à partir car il ne peut plus chanter.

– Il s'en va pour si peu ?

– Il en est très affecté. Nous l'envoyons simplement faire ses études à Paris. Au Mont, plus personne aujourd'hui n'est capable de se charger de cet enseignement. Il reviendra de Paris dans trois ou quatre ans, et pourra alors prendre l'habit de moine que nous lui avons promis.

L'abbé réfléchit :

– Oui… il s'en va… Vous avez raison de souligner cela. Il me faut contrôler absolument les entrées et sorties. J'ai fermé momentanément les portes aux pèlerins, mais cela ne pourra pas durer. Et puis, il y a cette délégation qui doit venir de Dol pour chercher des reliques. Comment savoir si elle n'est pas de connivence et n'emportera pas en même temps…

L'abbé s'interrompit. Il faisait maintenant très sombre dans la pièce. On entendait une corne, au loin. L'abbé s'approcha de la fenêtre et l'ouvrit.

– Le cornet d'un pèlerin, souffla-t-il. Quelqu'un est en perdition dans les grèves.

Il ne bougeait pas, ne donnait aucun ordre pour qu'on porte secours au malheureux.

– Nous ne pouvons rien pour lui, murmura-t-il enfin. S'il est pris dans les sables mouvants, avec la mer qui monte, il est perdu.

Il se dirigea tout de même vers la porte et cria à quelqu'un que Garin ne vit pas :

– Prévenez les frères. Qu'on tente quelque chose !

On perçut encore un souffle d'appel, deux, trois. Il y avait plusieurs cornes. L'abbé scruta la baie. Dans le soir tombant, la mer avançait inexorablement.

– Mon Dieu ! souffla l'abbé. Ils sont plusieurs… Pourquoi se sont-ils engagés ? Ne voyaient-ils pas le flot arriver ?

– Vous croyez qu'ils sont en grand danger ? demanda Garin, le cœur serré.

– La mer monte si vite… On ne l'aperçoit pas, on ne sait même pas qu'elle existe, et soudain elle est sur vous. Chaque année tant de morts, tant d'ignorance !…

Il s'immobilisa soudain.

– Je ne comprends pas, s'étonna-t-il, ils n'ont pas pris le bon chemin.

– Regardez ! s'exclama Garin en tendant son doigt vers la grève, il y a des soldats !

– Dieu ! Vous avez vu juste ! Des soldats les poursuivent, ils les ont chassés vers les sables mouvants. Mon Dieu, mon Dieu, nous ne pouvons plus rien pour eux.

– Les frères sauveteurs…, demanda Garin avec un peu d'espoir.

– Je les envoie pour ne pas avoir mauvaise conscience. En réalité, que voulez-vous qu'ils fassent ?

Garin regarda en bas : l'eau avait déjà encerclé le pied du Mont.

– Ils ne peuvent pas sortir à pied, continua l'abbé, et pas non plus en barque. Ils vont tenter de tirer la barque sur le sable, mais… Que Dieu les aide !

On entendit encore un long appel désespéré qui se perdit dans la nuit, puis le silence. Juste le chuchotement de la mer qui grignotait le sable, reprenant peu à peu possession de la baie.

– Ils sont perdus…, murmura l'abbé.

7

De découverte en découverte

La cloche du monastère résonna dans le petit matin, la plus grosse, celle qui portait le plus loin.

– Brume, chuchota le frère Robert. La mer est basse, ils vont quand même essayer de passer.

La cloche retentit de nouveau, puis encore, à intervalles réguliers. Garin regarda dehors : la brume était si épaisse qu'on ne voyait même pas le rocher de Tombelaine. Sans la cloche pour leur indiquer le chemin, les pèlerins risquaient leur vie, à coup sûr.

– J'espère que ceux-là vont s'en tirer, bougonna frère Robert, parce que les autres…

Le vieux moine ne dit plus rien. Il se réchauffait les mains, comme d'habitude, devant la cheminée. Six pèlerins, à ce qu'on en savait. Tous morts. Engloutis par la baie. Dieu ait leur âme !

– Cela fait dix-neuf cette année, reprit le vieux frère.

Il tourna la tête vers l'entrée et fronça les sourcils. Garin eut juste le temps d'apercevoir le dos d'une robe noire. Le moine-espion ?

Ils ne firent aucun commentaire. Garin s'accroupit avec Robert devant le feu et, tendant ses mains vers les flammes, il dit à voix basse :

– Il y a de nouveau plein de soldats. Des Anglais.

– Ils ne prendront jamais pied ici.

Semblant accompagner la grosse cloche, une plus petite s'agita nerveusement, et les deux copistes se regardèrent.

– Chapitre extraordinaire, traduisit frère Robert, tu es convoqué aussi.

Le chapitre extraordinaire se tenait dans la salle de l'Officialité, celle où Garin avait rencontré l'abbé en tête à tête. Quand les deux copistes arrivèrent, un grand nombre de moines étaient déjà assemblés. Il régnait un silence profond.

– Mes frères, commença l'abbé, ainsi que vous le savez, la mort est encore une fois parmi nous. Plus

grave : elle est apportée par l'homme, car les soldats sont partout. Ils barrent le chemin aux pèlerins, ils rançonnent et ils tuent. Nous devons donc prendre une décision concernant le monastère. Je propose qu'aucun de nos frères ne soit plus autorisé à sortir tant que le calme ne sera pas revenu.

Tiens ! se dit Garin, d'une pierre deux coups… Et son regard croisa celui de l'abbé, qui détourna aussitôt le sien.

– Ensuite, continua l'abbé, nous devons organiser notre défense. Quelqu'un veut-il prendre la parole ?

Le cellérier se manifesta discrètement, attendant qu'on lui fasse signe qu'il pouvait parler.

– Le Mont ne peut être envahi, affirma-t-il. Il faudrait une armée contre nos murailles, et aucune armée ne peut prendre pied ici : celle qui viendrait à marée basse ne peut s'emparer du Mont avant que la mer ne remonte, et se ferait engloutir.

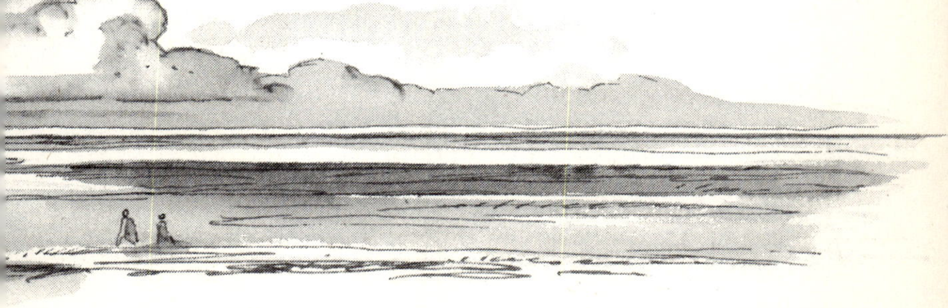

– Sans compter qu'elle pourrait se faire piéger par les rivières souterraines, intervint frère Robert sans avoir demandé la parole.

– Si l'ennemi tentait sa chance à marée haute, la mer en se retirant déposerait ses bateaux au sec, et quelques coups de canon en viendraient à bout.

– Autrefois, interrompit de nouveau frère Robert, on lâchait les chiens dans les grèves à marée basse.

– C'était autrefois, commenta l'abbé. Nous n'avons plus de chiens de garde. Pour ma part, je souhaiterais que des soldats viennent ici pour défendre la place. J'ai déjà obtenu que des hommes des villages voisins assurent à nos portes un tour de garde, néanmoins quelques archers me paraissent indispensables pour empêcher toute tentative de débarquement.

Il y eut ensuite une sorte de vote concernant la venue de soldats au Mont, puis le chapitre extraordinaire fut clos et chacun fut renvoyé à ses occupations, qui à l'aumônerie, qui à l'infirmerie, qui à l'entretien du linge, qui au jardin.

Garin retourna au scriptorium. Il commençait à avoir une meilleure idée des divers chemins qui pouvaient y mener, même s'il était encore obligé de bien y réfléchir avant de se décider. Manque de chance, le frère Robert lui avait faussé compagnie ! Où était-il encore passé ?

Dans le scriptorium silencieux, un moine venait juste d'entrer et il se dirigeait vers une table qu'on avait poussée contre le mur pour y déposer un gros paquet de feuilles de parchemin. Le frère Sévère ! Ce n'était pas la compagnie que Garin se serait choisie, mais enfin… le scriptorium était à tout le monde, ou du moins à ceux qui avaient quelque travail à y effectuer. D'ailleurs, il ne pouvait guère blâmer les visiteurs : c'était la salle la mieux chauffée du monastère.

Le grand moine sec ne lui adressa pas un regard. Que venait-il donc faire ici ? Peut-être était-il chargé de la réfection des livres, car les feuillets qu'il avait apportés, et qui semblaient cousus ensemble, ne possédaient pas encore de couverture. Il ferma une tenture et s'isola. On ne voyait plus que ses pieds, débordant de ses sandales éculées.

Bon. Toujours aussi aimable et souriant !

Garin jeta un regard vers le pupitre déserté de Robert. Si le chantre passait par là, il prendrait encore un coup de sang. Tiens, au fait, à quoi ce bon frère était-il censé « travailler » ?

Garin s'approcha. Les feuilles de parchemin entassées étaient écrites en latin, c'était bien sa veine ! Rien à y comprendre !

Un coup d'œil vers l'entrée… Personne ! D'un mouvement vif, Garin saisit une des feuilles de dessous pour la glisser dessus, puis il regagna discrètement son pupitre. Hé hé… On allait vite évaluer la vitesse de production du bon moine !

Ensuite, histoire de se mettre en train, il se choisit une belle plume d'oie dans la réserve, en apprécia la dureté et la souplesse, et commença à la tailler. Écrire était une chose, fabriquer le matériel convenable pour le faire en était une autre… Or, tailler une plume était toujours une affaire délicate : un faux mouvement, et tout était fichu. Voyons… fallait la faire pointue, mais pas trop, couper le haut d'un seul coup, net, fendre sur une longueur idéale, fente bien centrée…

Un grignotement insolite annonça l'arrivée de frère Robert. Il mangeait des gâteaux qui semblèrent à Garin délicieusement croquants.

C'était vraiment un homme incroyable ! Lui seul se permettait de parler, de grignoter entre les repas, et (en plus !) en faisant envie aux autres (à lui en particulier).

– C'est le cellérier qui me les a donnés, commenta-t-il à voix presque haute.

– On peut lui en demander ? s'enquit Garin plein d'espoir.

– Non, bien sûr, pas toi. Qu'est-ce que tu crois ? Nous ne sommes ni à Pâques ni à l'Ascension !… C'est ce que m'a répondu le cellérier.

– Alors pourquoi vous en a-t-il donné ?

Le frère Robert fit une grimace :

– Le cellérier n'a rien à me refuser.

Et il prit un visage énigmatique.

Il ne proposa même pas à Garin de partager. Il s'approcha de la cheminée, sa place préférée, et c'est alors seulement qu'il remarqua la présence du frère Sévère. Il eut alors un regard interrogatif pour Garin, qui répondit par un regard d'ignorance… Voilà qu'il commençait à savoir parler sans paroles.

Première action de Frère Robert : tirer les tentures. Garin écouta d'une oreille amusée : pas de bruit de parchemin qu'on déplace… Il aurait juré que le vieux copiste n'avait pas même jeté un regard sur son travail et ne s'était pas rendu compte de l'échange des feuilles.

La cloche de tierce appelant les moines, Garin demeura seul dans le scriptorium. Il en profita pour glisser un coup d'œil aux parchemins rapportés par le frère Sévère : il s'agissait juste de comptes de l'hôtellerie. Il feuilleta. Mauvais parchemin. Rien d'intéressant.

Le frère Sévère ne reparut pas après l'office de tierce, seul Robert revint. Il semblait affairé.

– À cause de cette affaire de saint Aubert, informa-t-il, le père abbé veut que je fasse d'urgence l'inventaire des reliques. On voit qu'il ne sait pas comme mes mains sont gourdes… Tu ne voudrais pas le faire, toi ?

– C'est que j'ai déjà les chants à copier…

– Oh ! les chants attendront. Tu ne vas tout de même pas laisser un vieillard mettre sa vie en danger.

Ça, c'était un peu fort ! En danger ! L'histoire des mains, c'était des excuses !

– Travailler de vos mains ne vous tuera pas, fit remarquer Garin.

– Il n'y a pas que cela ! grogna frère Robert. Voilà une centaine d'années, un moine est mort d'avoir voulu voir les reliques.

– … et vous préférez que ce soit moi qui meure, ironisa Garin.

– Ne prends pas ce ton persifleur, qui n'est pas à sa place dans ce monastère. Pourquoi mourrais-tu, tu n'es pas moine !

– Et quand on n'est pas moine, ce n'est pas pire, peut-être ? Vous l'avez dit vous-même, un laïc ne doit pas se mêler de choses sacrées. Les reliques peuvent se venger...

– Non non. Je vais prier pour qu'elles ne te fassent aucun mal.

Voilà qui était rassurant ! Quel vieil égoïste !

– Moi-même, dit le frère, après avoir renoncé voilà vingt ans à cet inventaire, j'ai dû en commencer un autre... je ne sais plus quand. C'est une manie qui reprend notre père abbé de temps en temps. Crois-moi, la seule bonne méthode est de le faire sans ouvrir les reliquaires. Là, tu ne risques absolument rien. Tu lis les inscriptions et tu notes. Monte donc au chartrier. Près de la porte, dans le tas de parchemins, tu vas trouver l'inventaire que j'avais commencé. Tiens, voilà la clé.

Monter au chartrier ? Tout seul ? C'est que... Garin en gardait un souvenir exécrable. Il n'avait aucune envie de déboucher là-haut sans savoir ce qui l'attendait. Après mûre réflexion, au lieu d'emprunter l'escalier direct, il fit le grand tour par la crypte des Trente Cierges et le passage découvert. Le ciel était d'un gris sale, la brume se levait. C'est alors qu'il croisa frère Raoul.

Le jeune moine avait un air bizarre, presque bouleversé.

– Je l'ai vu ! souffla-t-il.

– Qui ?

– Saint Aubert. J'ai vu en songe saint Aubert, sa tête, percée d'un trou.

– En songe ? Vous dormiez donc ?

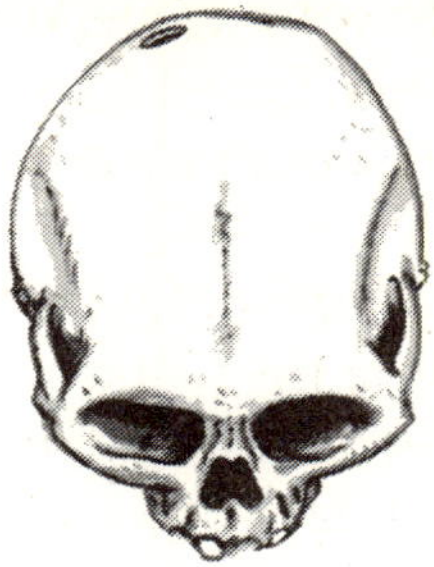

– Enfin, peut-être pas. Peut-être que je l'ai vraiment vu… Là, en bas, dans le promenoir de l'ancienne abbaye.

Intrigué, Garin suivit le moine dans l'escalier jusqu'à la vieille salle désaffectée. Frère Raoul allait d'un pas pressé et… il disparut dans le mur de droite. Là s'ouvrait un escalier que Garin n'avait jamais remarqué, et qui descendait dans l'épaisseur de la muraille. Visiblement, personne ne l'empruntait, car il était plein de toiles d'araignées. Le frère Raoul s'arrêta net.

– Dieu du ciel ! Elle n'y est plus !

– Dans ce cas, soupira Garin, déçu, c'était certainement un rêve.

– Un rêve sacré est plus vrai que Vérité ! rétorqua frère Raoul en rougissant.

Vexé, le pauvre frère !

– Le saint crâne était là, dans ce trou ! insista-t-il en montrant une petite excavation.

– Et où mène ce passage ? demanda Garin.

– Il descend vers l'étage inférieur… Venez voir, si vous le voulez.

Entraînant Garin dans l'escalier, il prévint à voix basse :

– Prenez garde, beaucoup de marches sont cassées… Là, voyez, on arrive dans un couloir. Je crois que nous sommes juste au-dessous des appartements de l'ancien abbé Robert de Thorigny.

Il s'arrêta à l'entrée du couloir et ajouta, d'une voix encore plus basse, si faible que Garin eut franchement l'impression qu'ils étaient deux conspirateurs :

– Ici, sur notre gauche, derrière ce mur, ce sont les cachots…

Y avait-il des prisonniers dans ces cachots ? Personne ne lui en avait parlé.

Garin ne connaissait pas l'ancienne abbaye, mais ces lieux lui rappelaient quelque chose…

– Je suis déjà venu ici, souffla-t-il. Ce couloir conduit à la vieille hôtellerie. J'y ai couché la première nuit.

– Nous sommes dans l'ancienne entrée, expliqua frère Raoul en avançant dans la pénombre, celle qui servait au temps où la Merveille n'existait pas.

– C'est plein de courants d'air, observa Garin avec un frisson. Écoutez…

Il entendait un frôlement. Un frôlement qu'il connaissait : une robe de moine sur les dalles… qui s'éloignait très vite.

– Ce n'est peut-être rien, chuchota frère Raoul d'une voix mal assurée. La salle qui s'ouvre ici (il indiquait une vieille pièce à gauche) est l'ancienne aumônerie, et on l'appelle l'Aquilon, à cause du vent qui s'y engouffre.

– Mais il n'y a pas de vent ! insista Garin, l'oreille aux aguets.

Ils demeurèrent sans parler. On n'entendait plus rien.

Ne sachant que penser, ils ne commentèrent pas ce qui s'était passé. Si frère Raoul avait vraiment vu le crâne, alors Garin aurait vraiment pu entendre le frottement d'une robe qui s'enfuyait, et une robe s'enfuit rarement seule : souvent, il y a un moine à l'intérieur… Un moine qui porterait un crâne sous son bras ?

Ce monastère paraissait de plus en plus surprenant, voire inquiétant…

– Frère Raoul, voulez-vous bien m'accompagner jusqu'au chartrier ?

– Oui… moi-même (le moine semblait ne pas se sentir très bien), moi-même je me rends au jardin du cloître.

Ils remontèrent, en silence et du même pas, vers la lumière du jour.

C'est en descendant les marches du cloître que frère Raoul se rappela soudain :

– Savez-vous que votre compagnon de l'autre jour, ce jeune garçon qui est arrivé ici avec vous, a été jeté en prison ?

– Louys ? Pourquoi ?

– Je l'ignore. Je l'ai appris de frère Sévère, qui a vu qu'on l'amenait au cachot. C'est tout ce qu'il en savait.

Louys ! Dans quel pétrin s'était-il fourré ?

Tandis que Raoul allait chercher ses outils de jardinage, Garin se dirigea vers le chartrier et glissa la clé dans la serrure. Il n'ouvrit pas. Il s'assura simplement que le jeune moine ne regardait pas de son côté, retira sa clé et fila le long du cloître.

Les cachots, il savait où ils se trouvaient : il en venait. C'était tout en bas de la partie ancienne de l'abbaye… La tête baissée, les mains dans ses manches pour ne pas attirer l'attention, Garin refit le chemin en sens inverse.

La porte ici, à droite, ce devait être ça… Sans quitter son attitude méditative, Garin se tint un moment immobile, s'assurant d'un coup d'œil circulaire qu'il était bien seul dans le couloir. Puis, d'une main discrète, il pesa sur le loquet.

À sa grande surprise, la porte s'ouvrit toute seule. Hélas ! il n'était pas dans la prison, il était juste dans un couloir terriblement sombre. Un faible rayon de lumière lui révéla une autre porte, en face. Il s'avança à tâtons dans cette direction.

Et vlan ! Un claquement sec. La grande porte venait de se refermer dans son dos. Crédiou ! Quel courant d'air ! Garin demeura immobile. Non… pas un courant d'air… Hé là ! Quelqu'un venait de tourner la clé dans la serrure !

Il bondit vers la porte et tenta de manœuvrer le loquet : c'était bel et bien fermé à clé. Furieux, il frappa violemment contre le lourd battant de bois :

– Ouvrez-moi ! Je suis enfermé ! Ouvrez-moi !

Aucune réponse. Qui avait fait ça ? Était-ce une erreur ?

Se retournant, il tenta d'ouvrir l'autre porte, celle qui

semblait donner sur le jour. Elle n'était pas fermée à clé. Ouf ! Là, il faisait effectivement plus clair. Pouvait-on sortir par ce côté ? Ce n'était pas la prison, puisqu'il n'y avait pas le moindre garde.

– Garin ! Garin, c'est toi ?

La voix de Louys ! Elle venait du sol, un peu plus loin dans la pièce. Garin s'avança prudemment.

– Ah, c'est toi ! gémit Louys, j'avais bien cru reconnaître ta voix. Tire-moi de là, je t'en supplie ! Il y a des rats, et j'ai peur !

Garin se pencha au-dessus de la grille d'où venaient les paroles angoissées… Ça alors ! Louys était bien là, au fond d'un trou d'où montait une odeur infecte.

– Pour les rats, remarqua-t-il, il n'y a que les coups de pied qui marchent. Pour la peur, il faut chantonner. Mais qu'est-ce que tu fais là ?

– Je n'en sais rien. Ils sont venus me chercher à la boutique, ils m'ont demandé si je te connaissais, et depuis combien de temps.

– Si tu me connaissais… moi ?

– Toi. Ils sont venus juste après ta visite. Et puis ils ont vu mes reliques, ils ont dit que c'était toi qui les avais volées et qui me les avais données. J'ai juré que non, que ce n'était pas vrai, et ils m'ont jeté ici.

Garin en était sidéré. Ainsi… on se méfiait de lui ! Et pourtant, on ne l'avait pas arrêté. Avait-on cru Louys ? En tout cas, il fallait reconnaître que c'était un peu à cause de lui que le jeune marchand de reliques se trouvait ici.

– Je vais essayer de parler à l'abbé…

– Il ne t'écoutera pas, gémit Louys. Il dit que si mes reliques sont vraies c'est qu'elles sont volées, et que si elles sont fausses, c'est encore pire, parce que je déconsidère l'Église.

Évidemment… vu comme ça, c'était mal parti !

– Ne bouge pas de là, dit Garin, je reviens.

Ne bouge pas de là… Tu parles !

Garin passa dans la première pièce.

Je reviens… Tu parles ! Encore faudrait-il pouvoir sortir !

Perplexe, Garin fit le tour des lieux. La seule sortie semblait une petite fenêtre à barreaux… qui tombait à pic sur la falaise à pic. Rassurant ! Attendre le moine-gardien restait la seule solution.

– Le garde, où est-il ? demanda-t-il.

– Il n'y en a pas. Comment veux-tu que je puisse me sauver d'ici ?

Voilà donc une Vérité Vraie, de celles que Garin détestait.

– Quand est-ce qu'on t'apporte à manger ?

– Seulement au petit matin. Le moine est passé tout à l'heure, il ne reviendra que demain… Garin ! je ne veux pas rester ici !

– Moi non plus ! grogna Garin, seulement… quelqu'un m'a enfermé.

La cloche annonçant sexte – donc le repas – fut une vraie torture. Demain ! Attendre demain pour manger ! Comment résister, alors que sa mère l'avait doté d'un estomac sans fond et très braillard ? Sans compter l'angoisse…

– Crédiou ! grogna-t-il, quand le moine-gardien me découvrira ici, il me prendra pour ton complice, pour un voleur de reliques…

– Oh là là, pleurnicha Louys, ça ne va pas arranger nos affaires.

Garin ne répondit pas. Il fallait qu'il sorte d'ici, et vite ! Pris d'une idée subite, il tâta la bourse accrochée à sa ceinture. La clé du chartrier ! Il l'avait toujours !

Un court instant, il songea que, à peine venait-elle de lui être prêtée qu'il se retrouvait enfermé dans la prison… Hasard ?

Pas le temps d'y réfléchir. Il glissa dans la porte la clé du chartrier… Et la porte ne s'ouvrit pas.

Saleté de porte ! De rage, Garin cogna de toutes ses forces, des poings, des pieds, dans ce maudit panneau de bois. Eh ! Il n'en crut pas ses oreilles… Un crissement dans la serrure… Il se jeta en arrière et se colla au mur.

La porte s'ouvrit sur… frère Robert.

– Ah ! s'exclama celui-ci en s'arrêtant de grignoter

un gâteau, depuis le temps que je te cherchais ! J'étais sûr que tu avais essayé de te défiler pour l'inventaire.

– Justement, répliqua Garin, je vous attendais pour y aller. D'ailleurs, je savais bien que vous seriez passé au cellier et que vous auriez des oublies[1] pour moi, c'est pourquoi j'ai jugé inutile de me rendre au réfectoire.

Avant que le vieux moine n'ait pu réagir, il lui avait chipé un gâteau.

– Merci, frère Robert. Passez devant, je vous prie.

Et, élevant la voix, il lança pour rassurer Louys :

– Je vais m'occuper des os, jeunes et vieux, qu'ils ne s'inquiètent pas.

– Ce n'est pas la peine de crier ainsi, grommela le frère Robert furieux d'avoir dû partager ses oublies, je suis vieux, mais pas sourd !

« Qu'ils ne s'inquiètent pas, soupira Louys. Facile à dire ! »

1. Petits gâteaux.

8
La vengeance de la relique

Pauvre Louys ! Qu'est-ce qu'on pouvait faire pour lui ? Ce serait difficile… Garin avait bel et bien été soupçonné de vol de reliques, et dans ces conditions, venir en aide à Louys en parlant à l'abbé en sa faveur, il ne fallait pas y penser… Il faudrait imaginer autre chose.

Évidemment, frère Robert avait trouvé des excuses pour ne pas l'accompagner au chartrier. Maux de dos, cette fois-ci !… Ce cher moine n'était jamais à court d'arguments.

Bon. Pas un chat dans le cloître. Garin sortit sa clé.

La porte s'ouvrit avec un grincement sinistre. Il régnait là toujours la même odeur de moisissure. D'un œil soupçonneux, Garin inspecta les recoins sombres. Il n'y avait personne.

Le tas de parchemins dont lui avait parlé frère Robert était inextricable : un ramassis de textes dont certains étaient à demi effacés. Comment y retrouver quelque chose ? Maux de dos ou cor au pied, il faudrait que frère Robert vienne en personne chercher l'inventaire : il était seul à pouvoir le reconnaître !

Sur la gauche s'entassaient des reliquaires pleins de poussière. Même pas fermés ! remarqua Garin en glissant son doigt sous le couvercle du premier. Il souleva légèrement, avec un peu d'appréhension. Non. Il ne pouvait pas... D'ailleurs, frère Robert avait dit que c'était inutile.

Il laissa retomber le couvercle. Quelque chose était écrit dessus, ou plutôt gravé sur une plaque : « Pierre du Sépulcre, avec du sang de Notre Seigneur ».

Il souleva de nouveau timidement. Un inventaire ne devait-il pas en même temps être une vérification ? La pierre du Sépulcre... elle ne pouvait pas lui faire de mal ! Courbant le dos, comme pour se protéger de la foudre qui pourrait s'abattre sur lui, il glissa son regard au fond du coffre. Voir. Voir le sang du Christ sur la pierre...

La foudre ne s'abattit pas, mais Garin demeura pantois : il n'y avait rien dans le reliquaire.

Il lut l'inscription sur le coffret voisin : « Pierres de la lapidation de saint Étienne. Cheveux de Marie Madeleine. Berceau de Notre Seigneur ». D'un geste plus assuré, il fit jouer le couvercle, qui s'ouvrit sans aucune résistance. Vide ! Il était également vide !

Le suivant, où était inscrit : « Morceau de l'arbre aux fruits défendus », ne contenait rien non plus. Pas plus que « Os du bras de saint Eustache ».

Garin jeta un regard anxieux autour de lui. De nouveau, cette pièce lui faisait peur. Il recula silencieusement, referma la porte derrière lui et s'éloigna. Il courait presque.

Quand il pénétra dans le scriptorium, son cœur battait douloureusement. Devait-il faire état de sa découverte ? Auprès de qui ?

… Mais après tout, tout cela était peut-être normal. On pouvait avoir transféré les reliques ailleurs…

Non. Non, il n'y croyait pas. On ne les aurait pas transférées en laissant l'inscription sur le reliquaire.

Frère Robert ! Où était encore passé le frère Robert ? Le scriptorium était désert, le feu en train de s'éteindre. Garin remit une bûche et souffla sur les braises pour ranimer les flammes. Bon. Il ne pouvait pas rester là, à ne rien faire, il se sentait trop énervé. Il n'arrivait même plus à songer au problème de Louys.

L'abbé avait infiniment raison : il était plus que temps de faire l'inventaire des reliques. Pourtant il était idiot de commencer avant d'avoir trouvé la partie écrite par le frère copiste. Au fait… le vieux moine ignorait-il que les reliquaires étaient vides ? Ou bien était-ce sciemment qu'il avait enjoint à Garin de ne pas les ouvrir ?

Pour la seconde fois, il se dit qu'il n'y avait peut-être là rien d'étonnant.

Pfff… Où pouvait bien être le frère Robert, cette fois ? Rester là ne servait à rien, il valait mieux aller à sa recherche.

L'infirmerie. C'était un bon endroit. Oui, l'infirmerie… Il réfléchit un moment à l'itinéraire adéquat et se mit en route.

Dans le couloir des appartements de l'ancien abbé, il s'arrêta. On entendait distinctement des chants venant des entrailles de la terre… Sans doute de Notre-Dame-Sous-Terre, la chapelle la plus vieille, qui datait de la fondation de l'abbaye ou peu s'en fallait. Cinq cents ans ? Des milliers de moines s'étaient succédé ici, avaient bâti, gagnant sans cesse de l'espace, enterrant les anciennes constructions sous les nouvelles.

Au fond du couloir, Garin reconnut l'infirmerie. Frère Robert n'y était pas, du moins pas à la porte. Plus loin, le couloir continuait à gauche. Il y avait là un escalier très raide qui montait dans le noir absolu du rocher et, sur la droite, une porte entrouverte. Était-ce la chapelle Saint-Étienne dont on lui avait parlé, celle où l'on veillait les morts, et qui ouvrait directement sur l'ossuaire ? Personne ici non plus. Pas question d'aller voir jusqu'à l'ossuaire : rien que le mot lui faisait froid dans le dos.

Il revint sur ses pas et frappa à l'infirmerie où quelqu'un toussait péniblement.

C'est le frère infirmier en personne qui vint lui ouvrir. Brusquement impressionné par sa haute taille et son odeur forte, Garin émit d'une voix mal assurée :

– Je cherche frère Robert…

– Ah !… Il n'est pas là, et c'est heureux pour moi.

Derrière, sur une étagère, Garin aperçut les fioles alignées dont lui avait parlé le copiste.

– Vous ne savez pas où je peux le trouver ? insista-t-il.

– S'il n'est pas ici, il faut peut-être voir du côté des cuisines, ou du cellier. Il aime notre vin…

La toux reprit derrière lui et l'infirmier conclut, pour adoucir l'amertume de sa réplique :

– Le vin et le sirop, et la tisane de thym au miel.

Garin remercia. Le cellier ? Il n'y avait jamais remis les pieds depuis la première nuit. D'ici, il ne voyait pas bien comment s'y prendre pour le trouver. L'infirmier avait déjà refermé la porte. Voyons... Règle numéro un : chercher un escalier pour descendre.

Le bruit de la porte venait de lui rappeler celui d'une autre porte : celle de la prison. On l'avait verrouillée sur lui... Était-ce volontaire ?

Il sursauta : le frère hôtelier venait de sortir de la chapelle Saint-Étienne. Pris de court, Garin se surprit à demander à voix basse :

– Pardonnez-moi, mon frère, savez-vous où je puis trouver frère Robert ?

L'hôtelier, les mains enfoncées dans ses larges manches, se contenta de hausser les sourcils. Un instant, Garin pensa qu'à cause de cette maudite règle de silence, il ne répondrait pas, c'est pourquoi il fut surpris d'entendre sa voix :

– Je ne sais... Avez-vous demandé à l'infirmerie ?

– Il n'y est pas.

Le frère hôtelier jeta un regard autour de lui. Il n'y avait personne d'autre qu'eux deux.

– Dommage, soupira-t-il enfin. Si l'infirmier voulait bien l'y admettre, j'aurais un peu de répit.

Et, dans ses yeux, passa une expression de grande lassitude.

– Ne le prenez pas mal de ma part, s'excusa-t-il enfin, mais la place de frère Robert dans le chœur est à ma gauche, et il chante si faux que c'en est un supplice.

Dieu a peut-être voulu cela pour ma mortification. Huit offices par jour. Huit offices accompagnés de ce fausset qui me fait douter de ma propre voix ! Dieu est sévère avec moi, et j'avoue que si frère Robert pouvait manquer un office ou deux, ce serait un peu de baume sur mes blessures.

– Un peu de charité, mon frère ! souffla une voix derrière eux.

Garin se retourna. Le chantre venait de déboucher de l'escalier sombre.

– Je suis en faute, mon frère, reconnut l'hôtelier contrit.

– J'avoue que l'absence de frère Robert me reposerait aussi, soupira le directeur du chant.

Puis, se tournant vers Garin, il demanda :

– Voulez-vous bien m'accompagner, mon fils, pour faire la tournée des troncs…

Faire la tournée des troncs ! Est-ce qu'on passerait du côté des cachots ? Alors, Garin pourrait peut-être… Pourrait quoi ?

On avait longé bien des couloirs, visité toutes les chapelles souterraines et les cryptes, et Garin n'avait toujours pas trouvé d'idée pour Louys. Creuser un trou dans la muraille pour le faire évader ? Autant essayer de vider la rivière avec une cuillère percée. Parler à l'abbé ? Trouver un sorcier qui transforme le prisonnier en moineau ? Tiens ! en moineau… Quelle bonne idée dans un lieu comme celui-ci. Un moineau noir, alors !… Mordiou ! Qu'est-ce qu'il était en train de raconter ?

Peu d'argent dans les troncs. Le cellérier avait raison : les pèlerins étaient de plus en plus pauvres. À l'église, il y avait davantage de pièces, sans que cela puisse vraiment regonfler les finances du monastère. Bah ! les aumônes n'étaient pas la seule source de revenus, l'abbaye était très riche, beaucoup de terres lui appartenaient !

Pour en revenir au frère Robert, il semblait s'être volatilisé : on avait fait tous les couloirs sans l'apercevoir.

Le chantre congédia enfin Garin du côté du Grand Degré, ce monumental escalier qui descendait vers l'entrée… Et si frère Robert avait filé ? Si c'était lui, le traître que cherchait l'abbé ? Bien sûr ! Quand il avait su que l'abbé demandait l'inventaire, voyant que tout allait être découvert, il avait chargé Garin de monter au chartrier et avait filé. Robert et Louys ; Louys et Robert… Comment s'occuper de tout ? En tout cas, pour Louys, Garin venait d'avoir une idée, une vraie. Restait à la mettre en pratique…

Enfin libéré de la présence du chantre, il dévala le Grand Degré.

– Halte ! On ne va nulle part, personne ne sort.

Le garçon s'arrêta, stupéfait : deux soldats en armes lui barraient la route.

– Je cherche seulement un vieux moine. L'avez-vous vu passer ?

– Vu personne.

Garin réfléchit : y avait-il des sorties secrètes ?

Le moine de garde déboucha de la pièce contiguë, qu'on appelait la porterie, pour préciser plus aimablement :

– On ne peut pas descendre au village. On ne peut pas non plus y entrer ni en repartir : des hommes en gardent la porte en permanence et chaque habitant doit faire le guet à tour de rôle. C'est à cause des Anglais, là-bas.

Garin n'en croyait pas un mot : c'était pour empêcher saint Aubert de filer en douce. Il ne fit pas de remarque. Crédiou ! Ça ne l'arrangeait pas du tout, cette affaire ! Bien évidemment, il ne courait pas à la poursuite de frère Robert – ce n'était pas son affaire et le vieux moine devait être loin, maintenant –, il voulait juste aller acheter…

Tant pis, il se débrouillerait autrement. Saleté de soldats !

Il songea soudain à ce soldat mort qu'avait enterré Louys, ce soldat dépouillé de ses vêtements. En demandant que des gens d'armes prennent position ici, le père abbé ne faisait-il pas pénétrer le loup dans la bergerie ?

Il remonta le Grand Degré en réfléchissant… Ah ah ! On ne voulait pas le laisser descendre pour acheter une corde ?… Il n'avait pas dit son dernier mot !

Vêpres n'avaient pas sonné que Garin se glissait de nouveau dans la prison. Cette fois, il coinça dans la porte un morceau de bois pour l'empêcher de se refermer.

– Louys ! c'est moi – il se pencha sur le trou –, comment peut-on ouvrir cette grille ?

Et, sans attendre la réponse, il saisit les barreaux des deux mains et s'arc-bouta. Ahi ! Il se retrouva, le souffle coupé, au-dessus du trou et se rejeta en arrière sans même savoir comment. Il s'assit par terre et souffla.

– J'allais te le dire, commenta Louys d'en bas. Elle n'était pas fermée.

– Merci de ta rapidité à répondre ! Il s'en est fallu d'un cheveu que je me retrouve dans la fosse avec toi !

Il prêta l'oreille… La cloche de l'église !

– Crédiou ! Ça va bientôt être l'office de vêpres. Si je n'y suis pas, on risque de me soupçonner. Regarde. J'attache la corde aux barreaux de la fenêtre…

– Quelle corde ?

– Celle de la cloche qui nous réveille pour prime. Je suis allé la détacher tout à l'heure, et crois-moi, ce n'était pas si facile ! Je te la lance. Tu montes. Après, tu jettes la corde dehors en la faisant passer de côté et d'autre d'un barreau : comme ça elle sera en double et tu pourras la reprendre par la suite. Débrouille-toi pour passer entre les barreaux et descends le long du mur. Tu te trouveras sur le rocher, côté ouest. De là, tu tires sur un bout de la corde pour la récupérer, et tu te débrouilles. Il faut que je file.

Un grognement parvint du fond.

– Aïe ! Oh bon sang ! mon doigt…

Garin revint sur ses pas :

– Qu'est-ce que tu as ?

– On n'y voit rien, ici. Je me suis retourné un ongle contre la pierre en essayant d'attraper la corde. Aouh ! Mon pauvre ongle ! Je suis sûr que je vais le perdre…

– Ne t'en fais pas, ça te fera un ongle de saint Louys, tu le vendras un bon prix !

Garin tira doucement la porte derrière lui et fila dans le couloir. Passer par l'extérieur, c'était le mieux : on ne saurait pas d'où il venait.

Il traversa le cellier – désert – et en profita pour distraire un hareng fumé du fil où il s'ennuyait avec les autres. Pour se donner le temps de le déguster avant d'arriver à l'église, il se trouva l'excuse de continuer à chercher le vieux scribe et fit le tour par l'aumônerie. Frère Robert n'y était pas. Garin s'engagea dans la tour des Corbins et gagna l'étage de la salle des hôtes. L'élégante salle réservée aux visiteurs de marque était déserte aussi. Il passa dans le scriptorium.

Toujours pas de frère Robert. Sévère était en train de partir pour l'office. Ça sentait la colle chaude. Garin n'osa pas lui demander s'il avait vu Robert : briser la règle du silence n'était pas le genre du moine sec, aussi sec que le hareng qu'il venait de finir. « Moine-hareng », tiens ! ça lui allait parfaitement.

En ressortant, il se heurta à Raoul, qui lui parut terrorisé… C'était une habitude, chez lui ! Le jeune moine articula vaguement quelque chose d'incompréhensible en tendant son doigt tremblant vers le promenoir. Garin jeta un coup d'œil dans cette direction.

Crédiou ! Le frère Robert était allongé sur le sol, immobile.

– Frère Robert !

Garin toucha la main du moine, recroquevillée sur

sa poitrine. Une main glacée, toute bleue. Le visage était crispé et la bouche ouverte. Il était trop tard pour le vieux copiste du Mont, tout était fini. L'autre bras était étendu sur les dalles et…

Garin fut frappé de stupeur. Les yeux soudain agrandis d'effroi, il se releva lentement : là, à côté, gisait un crâne percé d'un trou. Et pire… près du crâne, la main ouverte du vieux moine, celle qui avait tenu la relique, était toute brûlée à l'intérieur.

9

Deuil et terreur

– Dieu de bonté ! répéta le père abbé. Dieu de bonté ! Comment cela…

Il ne pouvait en dire plus. Le silence tomba sur l'assemblée des moines qui contemplaient sans un mot le corps du frère Robert et sa main brûlée. Sa main brûlée par la relique qu'il avait dérobée.

Frère Robert ! Comment expliquer un tel acte ? Frère Robert, lui qui craignait tant la malédiction des reliques ! Avait-il voulu, dans un coup de folie, braver ce qui l'avait toujours terrorisé ? L'attrait pour les reliques avait été plus fort que tout, comme celui de la flamme à laquelle le papillon se brûle…

Le chantre entonna un chant d'imploration. La colère de Dieu avait été terrible, le monastère s'en repentirait pour les siècles des siècles.

Garin fixait le visage tourmenté du vieux copiste. Il ne pouvait détacher son regard de ses yeux révulsés. Enfin, quand les voix tremblantes des novices reprirent le chœur des moines, Garin se réveilla un peu. L'hôtelier pouvait être content, il n'aurait plus de fausset à côté de lui. L'infirmier, le cellérier, pouvaient être contents :

ils n'auraient plus de parasite… Garin leva les yeux sur le groupe des religieux. Seul l'un d'eux ne chantait pas. Il paraissait frappé de terreur. Son visage était décomposé et ses lèvres tremblaient. Le cellérier.

Personne ne sut pourquoi sur le moment, mais la cloche ne sonna pas prime. Les novices pensèrent que c'était la marque du deuil. Puis, le bruit courut que la corde de la cloche avait disparu, et cela sembla très mauvais signe : non content de se venger du moine voleur, saint Aubert punissait le monastère tout entier. Les plus vieux des moines décrétèrent que le saint ne voulait plus qu'on appelle à l'office, sans doute parce qu'il souhaitait que le jour tout en entier soit consacré à la prière, et aussi la nuit.

On ne mangea pas, on ne dormit plus. On fit monter des cierges depuis le village, des centaines de cierges, qui illuminèrent toutes les cryptes. On fit la grande procession, celle qui part de la porte de l'abbaye, s'arrête à tous les autels pour prier les saints protecteurs, s'étire en glorifiant Dieu tout au long du cloître pour se regrouper enfin dans la crypte où trente cierges brûlaient en permanence sous la protection de la Vierge Marie.

Que Dieu pardonne ! Que Dieu pardonne !

Curieusement, chacun se sentait en même temps coupable, terrorisé, et fier. Fier d'avoir assisté à un miracle, fier que saint Aubert ait refusé de partir.

C'est alors que la pensée des autres reliques manquantes revint à l'esprit de Garin. Frère Robert les avait-il fait disparaître également, sans encourir cette fois le châtiment suprême ? Fallait-il en parler à quelqu'un ? À l'abbé ?

Garin demeura hésitant deux jours. Il ne pouvait plus travailler. Il était tourmenté également par la pensée de Louys. Personne n'avait évoqué son évasion. Était-il possible qu'on ne s'en soit pas aperçu ? Il est vrai que l'abbaye n'était que prières, et qu'on en oubliait de manger. Pourquoi nourrirait-on un prisonnier, quand on ne se nourrissait pas soi-même ?

Il ne voulait pas aller voir aux cachots, de peur que quelqu'un l'y surprenne et puisse le soupçonner d'avoir aidé le prisonnier.

À la réflexion, l'explication était sûrement très simple : tout le monde se moquait de l'évasion d'un petit voleur de reliques alors qu'un miracle remarquable venait de se produire au monastère.

Si Garin avait été impressionné comme tout le monde, maintenant il ne pensait plus qu'à une chose : son estomac. Cette affaire ne pouvait indéfiniment lui couper l'appétit, et il avait franchement faim ! Il fut tenté par une petite descente au cellier, comme le faisait si bien frère Robert… Il n'osa pas : un rien pouvait peut-être faire tomber la colère de Dieu sur lui.

Enfin, un pain fut distribué à chacun. Après quoi le monastère sembla se réveiller, et Garin fut convoqué dans le cloître par le chantre.

Le mot de convocation sonnait toujours comme une menace. Le soupçonnait-on de complicité dans l'évasion de Louys ? Il se tenait prêt à la riposte et comptait fermement sur son imagination pour démontrer qu'il n'était pour rien là-dedans. Le projet lui paraissait finalement presque amusant.

Les novices accomplissaient à voix haute leurs exercices de lecture quand Garin se présenta. Le chantre quitta alors ses élèves et, comme il l'avait fait le premier jour, prit le bras de Garin pour s'éloigner un peu avec lui.

– Avant de reprendre votre travail sur les chants, dit-il, vous devez compléter…

Le chantre reprit sa respiration et Garin eut un instant l'espoir qu'il voulait lui parler de repas, car le pain lui avait paru bien mince. Hélas !…

– … compléter le Livre du Chapitre, où figurent les morts de notre abbaye. Quelles que soient les circonstances de l'événement, le chapitre a décidé que le nom de frère Robert devait y être inscrit. Vous indiquerez qu'il a été enterré hors de nos murs, dans le cimetière d'en bas.

Ce fut tout. Pas d'accusations, pas un mot sur Louys.

Tout en parlant, le chantre avait mené Garin jusqu'au chartrier. Il saisit une des innombrables clés qui pendaient à sa ceinture et ouvrit la porte.

En un éclair, Garin revit la scène de l'homme au couteau. Était-ce une vision prémonitoire qu'il avait eue, celle de la mort qui planait ? Voilà qu'il se sentait glacé.

Le chantre ressortit en portant un livre de gros cuir, sans aucun ornement.

– Vous ne vous sentez pas bien ? demanda-t-il.

– Si… si… mais ce sont toutes ces émotions…

– Bien sûr, dit le chantre. Le frère cellérier en est même tombé malade. C'est un homme très sensible, et qui a eu déjà bien des malheurs. Actuellement, son neveu est prisonnier dans les geôles anglaises, ce qui est un souci pour lui.

– Il se console en mangeant beaucoup, chuchota la voix du frère infirmier qui venait d'arriver, et personne n'a le cœur de le lui reprocher. Enfin, il va beaucoup mieux. Pour un émotif, de tels événements…

Comme le chantre allait refermer la porte, Garin s'informa soudain :

– Les reliquaires… ils contiennent tous des ossements ?

– Naturellement ! affirma le chantre. Vous en ferez l'inventaire, ainsi qu'il en avait été convenu avec frère Robert.

– Mais ne les ouvrez surtout pas ! prévint l'infirmier.

– Surtout pas ! appuya le chantre avec véhémence. Une mort atroce nous suffit. Sur chacun de ces reliquaires est inscrit son contenu. Contentez-vous de recopier. Par contre, pour ces châsses-là (il désigna le mur de droite), nous ignorons ce qu'elles contiennent… Eh bien, il vous faudra, hélas, regarder ! N'oubliez pas de prier auparavant.

Tiens ! Celles-ci seraient-elles pleines, par hasard ? se demanda Garin. Les reliquaires vides seraient-ils dangereux et pas les autres ?

Il garda ses réflexions pour lui. Il sentait dans sa poche la clé du chartrier, qu'il n'avait – et pour cause – pas pu rendre au frère Robert. Il n'en dit mot.

Hum… Ces deux hommes n'avaient jamais porté frère Robert dans leur cœur. Ces deux hommes trouvaient inutile, voire dangereux, d'ouvrir les reliquaires vides…

De sa plus belle écriture, Garin avait inscrit le nom de frère Robert sur le grand livre du monastère. Mort en 1357. Sa naissance ? Personne n'avait pu lui en dire la date.

Le froid était tombé sur l'abbaye. Dans les couloirs, on ne croisait plus que des moines encapuchonnés et on ne savait jamais à qui on avait affaire. Ainsi, en se dirigeant vers l'Officialité pour faire signer le Livre du Chapitre au père abbé, Garin en croisa trois, qu'il ne reconnut pas. Le moine-espion était-il parmi eux ? Comment le distinguer des autres ?

Garin ne craignait pas le père abbé. D'abord, parce qu'il ne dépendait pas directement de lui, ensuite parce que le vieil homme l'avait toujours traité aimablement. Il lui parlait avec une certaine liberté et lui avait même demandé son avis. Peut-être était-ce plus facile pour lui qu'avec ses moines : chaque mot, dans cette abbaye silencieuse, était important, et chaque parole de l'abbé pouvait donner lieu à des jours de réflexion.

Heureusement que je ne suis pas abbé ! songea Garin en poussant la porte de la belle salle, ça ne me plairait vraiment pas qu'on se rappelle tout ce que je dis !

L'abbé l'accueillit d'un simple signe de tête, prit sans un mot le livre qu'il lui tendait et vérifia ce qui était écrit. Puis il inclina la tête pour signifier que tout était bien. Il ne se donna même pas la peine de signer.

Comment oser élever la voix dans ce silence ? Garin hésita, avant de chuchoter :

– Mon père, pour mon travail... le chantre dit que vous souhaitez que je fasse l'inventaire des reliques.

– Oui, confirma sobrement l'abbé, faites-le.

– ... Des reliques du chartrier ?

– De la totalité des reliques. Il y en a dans chaque chapelle. Le chantre vous indiquera où elles se trouvent. Parmi les plus importantes, vous verrez les vêtements de la Vierge dans la crypte aux Trente Cierges, et le cœur de saint Étienne dans sa chapelle. À Notre-Dame-Sous-Terre sont les charbons du martyre de saint Laurent et une fiole du lait de la Vierge. Dans une statue de sainte Hélène, à laquelle vous ne toucherez pas, bien sûr, est enchâssé un morceau de la Vraie Croix. De même, inutile d'ouvrir l'angelot d'argent : il contient deux épines de la couronne du Christ, qui ont été offertes à notre abbaye par le roi Philippe le Bel. Pour le reste, je crains que vous n'ayez à ouvrir les reliquaires. Le plus souvent, vous y trouverez un parchemin attestant la nature du contenu et sa provenance. C'est un travail important. Au moindre doute, consultez-moi… Et soyez d'un grand respect pour nos reliques, vous avez vu ce qu'il peut en coûter de…

L'abbé ne poursuivit pas. Il regardait la mer par la fenêtre. Garin ne se sentait pas vraiment bien. Il ne put s'empêcher de demander :

– N'est-il pas… dangereux d'ouvrir les reliquaires ?

– Certains le croient, mais c'est faux. Il est seulement dangereux de les ouvrir avec de mauvaises intentions. Je suppose que vous n'avez aucune mauvaise intention…

Garin secoua la tête assez vigoureusement pour démontrer sa totale innocence. Y était-il parvenu ? Il se rendait soudain compte que le temps avait passé depuis qu'il avait fait sa découverte et que, s'il en parlait maintenant, on trouverait qu'il avait bien tardé : signaler que les reliquaires étaient vides juste au moment où on lui demandait d'en faire l'inventaire !… N'allait-on pas penser qu'il était coupable ? Que décider ?

Se taire. En espérant que personne ne sache qu'il s'était déjà rendu seul au chartrier… Bon sang ! Frère Raoul ne le savait-il pas ? Pourvu qu'il n'y ait pas prêté attention !… Allons ! C'était sans importance : les ossements qui manquaient avaient évidemment été volés par le vieux scribe.

– Vous pensez, s'enquit-il, que frère Robert était transfuge d'un autre monastère et qu'il voulait y emporter le crâne de saint Aubert ?

– Je ne sais. Il était ici depuis si longtemps… Je vais faire une enquête. Ce qui est important pour nous, pour notre monastère, c'est le miracle accompli par notre grand saint, qui a refusé de nous quitter. Les miracles sont à la fois rassurants pour les croyants et indispensables aux incroyants, qu'ils peuvent ramener dans le droit chemin. Savez-vous, mon fils, que le Mont a vu de nombreux miracles ? Nous ne comptons plus les guérisons d'aveugles, de muets, de paralytiques et…

Il ouvrit la fenêtre et désigna quelque chose du doigt, sur la grève.

– Voyez cette croix : on l'appelle la Croix des Grèves. Elle a été élevée autrefois à l'endroit où une femme a été prise des douleurs de l'enfantement alors que la mer montait. La Vierge a étendu sur elle son manteau, et le flot ne l'a pas touchée. Au matin, on l'a retrouvée saine et sauve avec son enfant.

L'abbé referma la fenêtre sur l'air humide et glacé du dehors.

– « Sur le Mont au péril de la mer, une église a été construite »… Ne trouvez-vous pas ce vers très beau ?

Garin hocha la tête : « Sur le Mont au péril de la mer… » Il aimait cela. Peut-être devrait-il lui-même composer des poèmes ?

– Le Mont est paix, reprit l'abbé. Paix au milieu de la tourmente. Nombre de nos frères sont venus se réfugier ici pour panser leurs plaies. Notre frère infirmier, dont les trois enfants sont morts, la même nuit, de la Grande Maladie ; notre aumônier, qui a vu sa femme s'éteindre dans des souffrances terribles ; l'hôtelier, qui a découvert ses parents martyrisés par une bande de brigands... Tous ces hommes sont venus chercher près de Dieu du secours, en lui offrant en contrepartie leur vie... Mais je crois que c'est assez parlé. J'ai oublié l'essentiel : ce jeune vendeur de fausses reliques, Louys, on dit que vous le connaissez.

Toute réponse devant se concocter à partir de ce que l'autre attendait, Garin commença par s'informer prudemment :

– Qu'a-t-il fait ?

– Rien chez nous : on a cru d'abord que ses reliques venaient du Mont et on l'a jeté en prison. Or, il semble que rien n'ait disparu dans les reliquaires accessibles aux pèlerins. Toutefois, si nous prouvons que ses reliques sont fausses, il devra passer en jugement. Le connaissez-vous bien ?

En une fraction de seconde, Garin réalisa l'importance de ce qu'il dirait.

– C'est un garçon qui m'agace, décréta-t-il, et qu'il soit au cachot ne m'étonne pas : il se prend toujours pour un être au-dessus de tous, ce qui lui attire des ennuis. Chez nous, on se méfie de lui.

– Il est de votre famille ?

– Cousin. Sous prétexte que, dans la famille, il y a eu un saint, il se croit saint aussi. Je pense qu'il est surtout très malin, et cela m'étonnerait beaucoup qu'il n'ait pas déjà trouvé un moyen de sortir de vos geôles.

L'abbé secoua la tête :

– On ne peut en sortir seul, affirma-t-il.

Ahi ! Ça ne s'annonçait pas bien.

– Vous parliez d'un saint, reprit l'abbé. Quel saint ?

– Saint Garin. C'est un de ses ancêtres... et des miens, mais moi je n'en fais pas toute une affaire. C'est sa famille qui a hérité des reliques, et comme elle est aujourd'hui dans un grand état de pauvreté, Louys doit les vendre pour survivre.

Garin vit le front de l'abbé se plisser autour du grain de beauté. Son histoire n'était pas si mal ficelée, et voilà que les os d'un malheureux mort anonyme étaient sanctifiés. Bon... Il n'y avait probablement pas de quoi en être fier, mais il était préférable de voir Louys sauvé par un mensonge que tué par une vérité, qui, somme toute, ne ferait de bien à personne.

– Ce saint n'est pas très connu, fit observer l'abbé... Pouvez-vous me rappeler sa vie ?

– Sa vie ? Oh !...

Garin ne prit même pas le temps de réfléchir : inventer une vie de saint, c'était facile, car on pouvait vraiment raconter n'importe quoi, au besoin en s'inspirant de bribes de vie d'autres saints :

– Saint Garin est venu d'Irlande sur un petit bateau, pour porter la parole de Dieu chez les sauvages d'un pays arriéré, des esprits médiocres qui croyaient que, pour se protéger des malheurs, il suffisait de porter la main à son front tout en touchant son coude avec son genou.

Il vit que l'abbé était en train de se représenter la scène, sans oser l'essayer lui-même.

– Le diable, poursuivit-il, voulait l'empêcher de sauver ces pauvres idiots. Alors il mit le feu à son bateau. Heureusement, Dieu veillait et, tandis que le bateau se consumait, il se reconstruisait au fur et à mesure. Furieux, le diable changea le bateau en pierre… et pourtant le bateau continua de naviguer. Il aborda enfin au rivage des sauvages et saint Garin sauta sur la berge, que le diable transforma aussitôt en vase visqueuse. Garin s'enfonça jusqu'aux genoux ; alors, avisant une branche qui pendait au-dessus de l'eau, il s'y accrocha. Hélas ! l'arbre tomba tout entier sur lui et l'enfonça un peu plus dans la vase et l'eau. Désespéré, saint Garin bénit alors l'eau d'un signe de croix, et le diable, qui marchait dessus, s'enfuit en hurlant. Voilà comment saint Garin aborda chez nous.

L'abbé hocha la tête longuement.

– Ainsi, dit-il, les reliques de ce Louys seraient véritables.

– Aussi vraies que je m'appelle Garin Troussediable.

– Bien… je vais le faire libérer.

Libérer ? Crédiou, pourvu que Louys ait bien retiré la corde après être descendu !

– Accompagnez-moi, ordonna l'abbé, nous allons nous rendre auprès de lui.

Ahi !

– Si vous le voulez bien… intervint Garin, je vous rejoindrai là-bas : il faut d'abord que je… passe aux latrines.

Laissant l'abbé, Garin fila dans les couloirs. Crédiou

de crédiou, pourvu que Louys ait bien récupéré la corde, sinon on saurait qu'il avait eu un complice !

Garin ouvrit la porte des geôles en coup de vent et resta muet de stupeur : Louys était là, coincé entre les barreaux.

– Bon sang, Garin, libère-moi ! Je n'ai pas réussi à passer et je gèle là depuis des siècles...

Sans doute l'affolement a-t-il du bon : Garin saisit Louys par sa cotte (rembourrée, heureusement pour lui, parce que le vent était glacial), et le tira d'un coup si violent que le vêtement craqua dans le dos et que le garçon se retrouva assis par terre.

– Saute dans le cachot, vite ! L'abbé arrive pour te libérer !

Paralysé par le froid, Louys demeurait tremblant au bord du trou.

– Dépêche-toi ! insista Garin tout en ôtant son surcot. Je suis ton cousin et tes reliques sont celles de notre ancêtre saint Garin. Tu as compris ?

Ce n'était pas bien sûr. Toutefois, Louys semblait reprendre un peu ses esprits. Tandis qu'il scrutait le cachot d'un air hésitant, Garin détacha la corde de la fenêtre pour l'enrouler autour de son corps. Des pas dans le couloir. Louys sauta dans la fosse, Garin renfila vivement son surcot sur son corps saucissonné.

La porte s'ouvrit sur l'abbé.

– Ah ! s'étonna le saint homme, vous êtes déjà arrivé. Vous vouliez être le premier à annoncer à ce garçon sa libération !

Derrière l'abbé entra un moine qui portait une échelle. On la glissa jusqu'au fond du cachot.

– Remontez ! lança l'abbé, vous êtes libre. Votre cousin m'a tout raconté. Heureusement qu'il se trouvait là, sinon votre innocence aurait pu être difficile à prouver…

Louys monta péniblement les barreaux de l'échelle et, un moment, Garin eut vraiment pitié de lui. Il lui adressa un petit clin d'œil encourageant.

– C'est fini, dit l'abbé pour le rassurer. Mais… vous tremblez de froid.

– Les rats ont déchiré sa cotte, fit remarquer Garin.

– Mon Dieu ! soupira l'abbé, je ne croyais pas ce cachot aussi glacial et dangereux. Je vais vous faire chercher des vêtements neufs.

Il donna au moine qui avait apporté l'échelle quelques ordres concernant des vêtements et un repas chaud puis, se tournant vers Garin :

– On vient de m'aviser que les Anglais qui hantaient la région s'étant déplacés vers l'est, la délégation de Dol va en profiter pour venir chercher les reliques de saint Eustache.

– De saint Eustache ? s'exclama Garin en se sentant blêmir.

– Oui, nous en possédons, je crois, un bras. Le reliquaire est rangé dans le chartrier.

Oh oui ! le reliquaire était bien dans le chartrier, seulement il était vide ! Voilà… il aurait dû parler avant ! À présent, il était trop tard ! Pourvu que frère Raoul ne se rappelle pas son excursion au royaume des reliques (surtout que cette fois-là, il n'y était même pas entré) ! Pourvu qu'on ne l'accuse pas !

– Allons ensemble au chartrier, voulez-vous ? Nous y prendrons le bras de saint Eustache et l'exposerons dans la crypte Saint-Martin, cela fera meilleur effet pour la délégation. Venez.

Venez… au chartrier… Prendre les reliques qui…

Ahi ! Les reliques ! Maintenant ! Et ça tombait sur lui !

10
Un deuxième coup

Tout au long du chemin, Garin chercha une excuse, une raison valable pour ne pas être là quand on ouvrirait le reliquaire. Il n'en trouva, hélas, aucune. Sa seule chance était que le chantre – qui devait venir apporter la clé – sache les reliquaires vides et trouve une parade pour empêcher que l'abbé ne le découvre.

Le grincement des gonds lui donna des frissons. Le reliquaire. Troisième à droite…

– Tiens ! s'étonna l'abbé, il n'est même pas fermé.

Et il souleva le couvercle.

Garin avait le cœur qui battait si fort qu'il lui fallut un moment pour comprendre ce qu'il voyait : dans la châsse, il y avait des ossements. Des ossements ! Voilà qu'il devenait fou ! Pourquoi ne les avait-il pas vus l'autre jour ?

– Avez-vous une tablette de cire sur vous ? demanda l'abbé à voix basse.

– Euh… Dans mon écritoire, au dortoir.

– Allez la chercher, voulez-vous ? Vous noterez ce qui est inscrit sur ce reliquaire, ce sera le début de l'inventaire.

Abasourdi, Garin gagna le dortoir qui s'ouvrait de l'autre côté du cloître. Voilà. Sa tablette de cire... Il y restait gravée sa tentative de plan du Mont, qu'il devrait recommencer ! Il l'effaça d'un revers de main.

Quand il revint, l'abbé et le chantre discutaient à voix basse, au centre du cloître, avec le jardinier. Il se précipita dans le chartrier et souleva le couvercle du reliquaire d'un doigt timide : aucun doute, il y avait bien des ossements ! Assistait-il à un second miracle ? Cela paraissait beaucoup en deux jours.

Un rapide coup d'œil à l'extérieur... Quoi ? Dans le passage menant à l'église, une robe noire ! Le vent du large soufflant dans le cloître la fit voler un instant, puis le moine disparut. Encore cet espion ! Qui était-il ? Que voulait-il ?

L'abbé revenait vers lui... Garin posa vivement sa tablette de cire en équilibre sur son avant-bras et nota soigneusement l'inscription : « Os du bras de saint Eustache ». Il ajouta : « dans un reliquaire de trois pieds de long sur deux de large, sans ornement aucun ».

Ce saint devait être un homme très grand, vu la taille de son bras.

Garin referma doucement le reliquaire. Son esprit était confus.

Eh !... Bon sang ! Quelque chose venait de lâcher sous son surcot. La corde ! Elle le gênait depuis un moment et il craignait que quelqu'un ne prête attention à son étrange tour de taille. Et maintenant... Horreur ! voilà qu'il la sentait glisser le long de sa jambe...

– Venez, dit l'abbé en faisant le geste de refermer la porte, vous finirez plus tard.

– Je… je vais passer directement dans le scriptorium… par l'escalier intérieur. Ce sera plus rapide pour aller recopier cela.

L'abbé acquiesça de la tête.

D'un mouvement vif, Garin coinça la corde dans son haut-de-chausses et se jeta dans l'escalier en colimaçon. Il déboucha en trombe dans le scriptorium, le traversa en courant et fonça dans les latrines. Il claqua la porte.

Crédiou ! Il n'avait même pas vérifié s'il y avait quelqu'un dans le scriptorium ! Il rouvrit la porte silencieusement et lança un regard soupçonneux par l'entrebâillement. Pas d'espion. Ahi ! frère Sévère !… Bah ! le moine-hareng ne s'occupait pas des jeunes scribes… subitement pris de coliques. Garin ôta son surcot, déroula la corde, puis la laissa tomber sans regret dans le trou des latrines.

Le lit qui se trouvait près de celui de Garin était vide : on avait rouvert les portes de l'abbaye, les pèlerins avaient réapparu, le novice était parti.

Les allées et venues de la nuit ne le réveillaient plus, c'est pourquoi Garin fut étonné de se retrouver soudain assis sur son lit, en sueur, à une heure où il n'y avait justement aucun office de nuit. Il entendait le souffle calme des dormeurs autour de lui. Derrière ses paupières closes venait d'apparaître le crâne de saint Aubert.

Crédiou ! c'était quand même curieux : saint Aubert n'avait pas réagi au moment où le frère Robert avait volé sa tête, mais seulement au moment où le vieux copiste avait voulu lui faire franchir les portes du monastère…

Le passage dans le mur du vieux promenoir ! Voilà par où voulait descendre le frère. C'est là qu'il avait d'abord caché la relique, frère Raoul n'avait pas fabulé !

Était-ce ce rêve qui l'avait tiré du sommeil ? Peut-être pas. Il lui semblait qu'il y avait eu du bruit du côté du cloître. Il écouta, longtemps… Au fond du dortoir, quelqu'un se retourna puis se mit à ronfler. Pfff… Quelle journée ! Enfin… Louys était tiré d'affaire, c'était le plus important. On l'avait renvoyé chez le fabricant de médailles avec des vêtements chauds et un bon repas. Problème résolu.

Il faisait grand nuit. Se rendormir…

Ding ! Ding ! Quoi ? On avait remplacé la corde ? Sans craindre la colère de saint Aubert ?

Crédiou ! C'était déjà prime…

Garin suivit les novices presque sans ouvrir les yeux. Pendant toute la messe, bercé par le chant des moines, il eut l'impression de dormir debout. Il ne se réveilla vraiment qu'en sortant, et se dirigea par habitude vers le scriptorium.

D'abord, ranimer le feu, tirer les tentures pour conserver la chaleur dans son coin. Ensuite, sa tablette de cire. Il était fort possible que ce qu'il avait écrit là se trouve déjà sur l'inventaire commencé par le vieux copiste, mais comment trouver ce document ?

Il recopia le contenu de la tablette sur un parchemin de qualité médiocre – un inventaire n'était pas une œuvre d'art – et lissa de nouveau la cire. Par où continuer le travail ? Le chartrier le décourageait et, pour tout dire, lui faisait peur.

Il songea soudain à Notre-Dame-Sous-Terre. D'après l'abbé, se trouvaient dans cette très vieille chapelle des reliques étonnantes comme le lait de la Vierge et les épines de la couronne du Christ. Il commencerait par là.

Sous terre. Il fallait donc descendre. Ce n'était plus pour lui un problème, et il retrouva assez vite la chapelle.

Il y faisait très sombre. Les quelques cierges qui brûlaient en permanence n'éclairaient rien et, en plus, au moindre déplacement d'air, ils projetaient sur les murs des ombres inquiétantes. Sans compter qu'il y régnait un silence de tombeau... Serrant sa tablette de cire contre lui, Garin recula sans même en prendre conscience.

Il était sorti. Dans le couloir plus clair et plus vaste, il se sentait mieux.

« Commençons plutôt par la chapelle Saint-Étienne, décida-t-il. Sous terre, impossible de lire les inscriptions, il faudrait que quelqu'un me tienne une lanterne ! »

Évitant de s'appesantir sur les vraies raisons de sa fuite, il poussa la porte de la chapelle Saint-Étienne.

Voyons... D'abord, le petit reliquaire rond posé sur une tablette contre le mur. Il s'approcha : « Cœur de saint Étienne ». C'est bien ce qu'avait dit l'abbé. Aucune envie de soulever le couvercle pour vérifier. Et puis, qu'est-ce que ça pouvait bien lui faire qu'il y ait ou non un cœur là-dedans ? L'essentiel était d'y croire. Tout est dans la foi, disait Louys.

Il avisa une autre châsse, en forme de bras, près de la fenêtre… C'est alors que la porte du fond s'ouvrit et que le frère hôtelier parut.

– Que faites-vous ici ? demanda-t-il sèchement.

Garin expliqua son rôle.

– Bien, laissa tomber le frère, le front toujours aussi soucieux. Il faudrait faire aussi l'inventaire de l'ossuaire, apparemment, car des choses disparaissent.

– Des ossements ?

– Naturellement, des ossements. Qu'y a-t-il d'autre, dans un ossuaire, que les ossements de nos anciens moines ? Deux os de jambe ont disparu.

– Récemment ?

– Tout était là hier. Mon attention a été attirée ce matin par des phalanges tombées sur le sol. Mais enfin… les os de la jambe d'un vieux frère mort au siècle dernier, qui cela peut-il intéresser ?

Le frère hôtelier rabattit son capuchon sur ses yeux, glissa ses mains dans ses manches et sortit.

Qui cela peut-il intéresser ? Eh bien… celui qui a volé les vrais ossements de saint Eustache, par exemple. Il aura juste commis l'erreur de remettre une jambe à la place d'un bras.

Songeur, Garin remonta le couloir de l'ancienne abbaye. Si celui qui avait volé saint Eustache l'avait remplacé d'urgence en apprenant la visite de la délégation de Dol… c'est qu'il était toujours vivant ! Donc… frère Robert n'aurait rien à voir avec ce vol-là !

À cette heure, l'abbé devait avoir fait enlever le

reliquaire du chartrier pour le déposer dans la crypte Saint-Marin. Garin y passa pour vérifier. On avait effectivement installé sur l'autel le coffre contenant le bras de saint Eustache (… ou la jambe d'un vieux moine dont le nom n'avait laissé aucune trace).

En tout cas, il n'était pas fou, il n'avait pas rêvé : il avait bien vu le reliquaire vide avant la mort de frère Robert ! Voilà qui était plutôt rassurant pour sa santé mentale. Quant à prévenir quelqu'un de ce phénomène de transformation d'os, il n'en voyait pas l'intérêt. Qu'importe l'os, seule la foi compte !

N'empêche… Il était curieux de savoir si les autres reliquaires s'étaient remplis aussi…

Tout excité, il reprit le chemin du chartrier.

Bizarre… très bizarre. Le frère jardinier était absent et la porte du chartrier béait. Pourtant il n'y avait personne. Qui avait pu ouvrir et oublier de refermer ? Le frère jardinier le saurait sûrement. Où était-il ?

Garin gagna le réfectoire : peut-être le frère jardinier s'était-il réfugié un instant au chaud ?… Non, il ne se trouvait pas ici.

Travaillait-il aujourd'hui dans les potagers, sur les pentes du Mont ? Mystère ! Garin revint par le petit jardin, où les haies basses délimitaient les carrés de plantes médicinales, et buta contre un caillou.

Ce n'était pas un caillou, c'était… un pied ! Crédiou ! Le frère jardinier ! Allongé à plat ventre contre la haie, presque glissé dessous, le moine semblait dormir.

Garin se pencha et lui toucha la joue. Elle était froide.

Plein d'appréhension, il posa son regard sur les mains du mort. Elles ne portaient aucune trace de brûlure. Oh ! Là, près de son pied, un objet luisant, un objet qu'il connaissait bien : le scalpel qui servait aux scribes à découper les peaux.

Pris d'une subite angoisse, il tira le jardinier par l'épaule. Du sang… Du sang partout ! Le jardinier avait la gorge tranchée !

Garin lâcha sa tablette de cire et se mit à courir vers le logis de l'abbé.

La gorge tranchée. Tous les moines rassemblés dans le cloître en restaient atterrés. Après la mort « miraculeuse » de frère Robert, la mort sanglante du jardinier, c'était trop.

Debout dans l'ombre de l'abbé, Garin revoyait la main armée du couteau. Là non plus, il n'avait pas rêvé. Cette main l'avait menacé, lui. Ou bien frère Robert ! Depuis, frère Robert était mort, mais pas d'un coup de couteau. En outre frère Robert était mort pour avoir dérobé le crâne... Tout s'embrouillait de plus en plus.

Garin en était là de ses réflexions, quand il vit le frère Raoul se déplacer lentement pour s'approcher de l'abbé.

– Mon père, souffla le jeune moine, je connais bien ce jardin, un des plants de ciguë que j'avais rapportés de mon ancien monastère a disparu.

Garin nota mentalement « ancien monastère ». D'où venait donc frère Raoul ? D'où venait la ciguë ?

L'abbé ne répondit pas. Il devait s'inquiéter : à petites doses, la ciguë soignait les ulcères et la toux, mais un dosage un peu trop fort, et c'était la mort. Que quelqu'un ait déterré le plant et tué le jardinier...

Un poison violent, entre les mains de... De qui ?

Comme les moines entonnaient un chant funèbre, les yeux de Garin revinrent vers le chartrier. La porte béait toujours. Le jardinier avait-il vu qui l'ouvrait ? Pourquoi avait-il été tué, pour la ciguë ou pour la porte ?

L'angoisse le saisit soudain : lui-même était très impliqué dans l'affaire du chartrier. Trop impliqué. Si quelqu'un volait des reliques, cette personne devait parfaitement savoir que Garin avait fourré son nez dans ce coin et que, de plus, son travail allait mettre en évidence les absences. Sans compter que le jardinier avait été tué avec un scalpel de scribe !

Il avala sa salive avec difficulté. S'il y avait un rapport entre l'affaire de la ciguë et celle des reliques, si c'était le même homme qui était responsable de tout, alors la ciguë pouvait bien être pour lui, Garin.

11

Curieuses constatations

Le silence se fit encore plus profond ; seuls le troublaient par instants les chuchotements angoissés des novices qui ne pouvaient s'empêcher d'échafauder des hypothèses plus absurdes les unes que les autres : le jardinier aurait été le complice de frère Robert, il aurait caché le crâne dans le jardin, en plantant dans les orbites des hellébores noirs, et saint Aubert se serait vengé de lui aussi !!!

Avec un scalpel de scribe ?

Garin laissait dire sans intervenir. Lui non plus n'avait pas d'explication. Sans compter que le scalpel l'inquiétait : il aurait très bien pu le prendre et s'en servir.

Mais d'autres avaient accès au scriptorium ! Pourquoi l'accuserait-on, lui ?

Il ne pouvait oublier qu'il avait vu un couteau, une ombre qui tenait un couteau, et la double vengeance de saint Aubert le laissa plus que sceptique. Une ombre… Le moine-espion ! Il tenta de se remémorer le visage de chaque moine, tel qu'il le voyait au réfectoire. Lequel était celui du fantôme qui hantait les couloirs ?

Qui que soit le coupable, le danger immédiat semblait être la ciguë. On ne l'avait pas volée sans raison ! Garin veilla à ne rien manger qui ne fût d'abord entamé par la communauté. C'est peut-être pour cela qu'il remarqua qu'on lui passait les plats en dernier, puisqu'on avait changé sa place à table pour le laisser tout seul au bout. Le soupçonnait-on ? Crédiou ! il n'y était pour rien ! Et même, peut-être qu'il risquait sa vie !

Comment le dire, puisque personne n'avait lancé contre lui la moindre accusation ?

La ciguë était peut-être destinée à sa modeste personne et… Bon sang ! il aurait aimé en savoir plus sur cette plante, sur les symptômes, pour se surveiller. À qui le demander ? Au frère infirmier ?

Et si la personne à qui il s'adressait était justement le coupable ?

Par prudence, Garin décida de se limiter à l'inventaire des reliques qui se trouvaient dans les cryptes ou les chapelles très fréquentées. C'était d'ailleurs le plus simple : dans ces endroits, les reliquaires, petits ou grands, de plomb ou d'argent, portaient une plaque où étaient inscrits le détail de leur contenu et le nom du donateur (souvent un roi ou autre puissant personnage)… Pourtant, sans savoir pourquoi, à chaque mot qu'il inscrivait, Garin avait l'impression de signer son arrêt de mort. Il ne pouvait plus rester ici. Il lui fallait partir.

Quand ce premier inventaire fut fini, Garin alla trouver l'abbé pour lui demander de repousser un peu

celui du chartrier : s'il y avait vengeance, il valait mieux attendre un peu avant de déranger de nouveau les reliques, non ?

Il eut l'impression que l'abbé l'accueillait plus froidement que d'habitude. Le père Nicolas écouta ses arguments sans mot dire, et décréta finalement qu'on attendrait un signe du ciel avant de toucher aux reliquaires sans identité.

Dans ce cas, souligna Garin, il souhaitait pouvoir reprendre sa liberté et quitter le Mont pour d'autres cieux.

– Non, décréta l'abbé. Cela m'ennuierait que vous repartiez, car nous n'avons plus aucun scribe.

– Mon père, j'ai d'autres engagements, et…

– Vous ne partirez pas. Il y a eu meurtre, nul ne peut quitter l'abbaye.

Le ton était sec et sans appel, ce qui n'empêcha pas Garin d'insister :

– Mais peut-être le coupable est-il un visiteur ?

– Dans la clôture ? Vous y croyez vraiment ? Personne ne peut pénétrer dans la clôture, que les moines, les novices et vous.

Garin sentit dans ces derniers mots comme une menace.

– Croyez-moi, fit-il subitement, j'ai beaucoup de défauts, je peux sans défaillir vous raconter que mon père est le roi de France et ma mère la reine d'Écosse, que j'ai été élevé dans l'antre d'un dragon et nourri au lait de licorne. Je suis gourmand et pas toujours sérieux. Je ne dis pas que je n'ai jamais chapardé de pommes dans un champ, ou de paroles qui ne m'étaient pas destinées, mais quant à tuer quelqu'un, non.

Il continua de faire non avec la tête, en fixant son interlocuteur droit dans les yeux.

L'abbé détourna la tête. Il semblait à Garin qu'il avait souri.

– Et mes moines, prononça-t-il enfin, l'un d'eux serait-il capable, plus que vous, de tuer ?

Garin préféra ne pas répondre.

– Il y a, osa-t-il enfin, l'un d'eux… qui semble partout, voir tout, qui ne prononce jamais une parole. Frère Robert disait que…

L'abbé eut un geste définitif de la main :

– Le frère Robert l'appelait l'espion. Je sais ! Vous faites fausse route. N'y songez plus.

Il n'ajouta rien sur le sujet et soupira :

– Plus rien ne va ici. Une malédiction semble peser sur nous. Les messes et les prières ne suffiront sans doute pas ; une purification générale me semble donc indispensable. Par décision du chapitre, tous les moines prendront un bain, referont soigneusement leur tonsure, se raseront de près et changeront tous leurs vêtements. Pour que ces vêtements impurs ne soient plus touchés par eux, et puisque vous n'appartenez pas au monastère, je vous charge de ramasser leurs robes dès que le frère camérier leur en aura donné de nouvelles.

Son entretien avec l'abbé avait redonné à Garin un peu de confiance. Le chef de l'abbaye n'était pas son ennemi, il le croyait. Pourtant, demeurer prisonnier ici…

Il songea de nouveau au moine-espion… Ne pas s'en préoccuper ?

Il dut faire plusieurs voyages, avec sur les bras des vêtements qui sentaient la crasse et la sueur. Il les emporta dans une petite pièce désaffectée jouxtant l'ancien promenoir, et entassa le tout au fond avec dégoût.

C'est au moment où il jetait la dernière robe que son regard fut attiré par une singularité : à mi-hauteur de la manche, on distinguait une ligne de petits trous. Il s'accroupit pour mieux voir… Oui, des trous, disposés de manière pas tout à fait régulière. Il y en avait une seule ligne, qui faisait tout le tour de la manche.

Cette robe était la dernière du tas, donc la première qu'il avait posée sur son bras à son dernier voyage. Il refit en pensée son chargement : tiens ! cette robe était celle de ce cher hareng de frère Sévère.

Le point d'interrogation demeura dans son esprit, il

ne pouvait trouver la moindre explication à cet étrange phénomène.

Les moines étant en prière pour la journée entière, il n'y avait aucun risque d'en rencontrer. C'était le moment idéal pour aller rendre une petite visite au cloître.

Tout était bien sûr désert. Seul y régnait le vent, qui gémissait entre les minces colonnes. La porte du chartrier était refermée. Il faisait soleil.

L'œil aux aguets, Garin s'avança dans le jardin. Après un dernier regard prudent autour de lui, il entreprit d'étudier le sol : on y distinguait des traces de pas, rien de plus. Dans l'endroit où l'on avait retrouvé le frère jardinier, la terre était toute piétinée. Impossible d'y rien déceler. Pourtant, le corps avait forcément été traîné là : le jardinier n'aurait pas pu tomber *sous* la haie.

Qu'est-ce que cela changeait ? Rien sans doute.

Il leva les yeux vers la mer. Au loin, on voyait les îles d'où venait le granit qui avait servi à construire l'abbaye, et aussi le mont Dol, petite bosse sur l'horizon.

En bas, la mer avait découvert le sable gris, et les pèlerins, contournant le Mont, en profitaient pour se rendre à la fontaine Saint-Aubert et prendre de l'eau bénie là où le saint l'avait fait jaillir en frappant le sol de son bâton.

Garin rebroussa chemin. Toujours le nez au sol, il traversa le jardin, puis le réfectoire désert. Tout avait été balayé, il ne découvrit rien.

Par les fenêtres de l'est, on apercevait les pêcheries. Des hommes se pressaient autour des nasses installées un peu partout, qui capturaient le poisson et le retenaient prisonnier pendant que la mer redescendait. Tiens… c'était comme pour lui : la marée descendante des événements le retenait prisonnier du Mont. Il se surprit à imiter le poisson qui ouvre désespérément la bouche en cherchant l'eau. C'est alors qu'il croisa le regard de frère Raoul. Il introduisit vite son doigt dans sa bouche et fit semblant de se curer une dent du fond. Crédiou ! La prière était donc suspendue ? Que faisait le jeune moine ici ?

Un bref coup d'œil lui confirma ce qu'il craignait : ils étaient tous les deux seuls dans cette partie du monastère.

Garin changea de fenêtre et s'appliqua à faire semblant d'être passionné par ce qui se passait dehors. Là-bas, deux pêcheurs tendaient un large filet. Ils s'arcboutaient sur deux perches de bois qu'ils enfonçaient dans la vase par le simple poids de leur corps, puis ils agitaient un peu le piquet et s'y suspendaient de nouveau.

– Tout est tranquille, murmura Raoul en suivant son regard. Les Anglais ont quitté l'endroit. Seule reste la garnison de Tombelaine, qui ne s'attaque évidemment jamais aux pêcheurs puisqu'elle vit de leur poisson.

– Ah !… C'est que les Anglais, ça mange aussi !

Raoul eut un sourire doux : non, vraiment, Garin ne pouvait pas l'imaginer brandissant un couteau ! Néanmoins, en essayant de donner l'impression qu'il vaquait sans but, il sortit par la tour des Corbins. Dans certains cas, la solitude tout seul était plus rassurante que la solitude à deux...

Le ciel était si clair, qu'on distinguait parfaitement les marais salants : les paludiers profitaient du soleil pour les nettoyer. Là-bas, des paysans découpaient à la bêche de gros blocs de cette vase grisâtre qui couvrait la baie et qu'on appelait « tangue ». Louys prétendait qu'on s'en servait pour fertiliser les champs.

Tiens ! Voilà que passaient sur la grève les pèlerins qui étaient tout à l'heure à la fontaine. On aurait dit qu'ils marchaient plus fiers, plus droits, pour rentrer chez eux. Leur médaille accrochée au chapeau, leur fiole d'eau sacrée dans leur besace, les avaient grandis d'un pied. Certains se courbaient encore sur le sable pour chercher une coquille échouée sur la grève, le plus bel insigne des pèlerins.

Ahi ! Garin sursauta. Frère Raoul était de nouveau derrière lui !

– Autrefois, chuchota le moine sans paraître remarquer son mouvement de recul, les pèlerins cherchaient toujours à rapporter un souvenir des lieux saints, une pierre, un morceau de bois, et ils détruisaient tout. Les orienter vers la coquille Saint-Jacques fut une bonne idée : Dieu nous en donne en suffisance, la renouvelle en permanence.

Allons ! Quel danger y avait-il ? Si le jeune moine avait voulu l'estourbir, il en aurait eu tout le temps ! Au lieu de se méfier, il fallait en profiter, en profiter pour poser une question essentielle :

– Dites-moi, frère Raoul... ce fameux plant de ciguë, vous l'aviez bien rapporté de votre ancien monastère ?

– Oui, de l'abbaye de Saint-Gildas-de-Rhuys. Je l'ai remis dès le lendemain matin au frère jardinier.

– Savez-vous à quel moment il a disparu ? Est-ce dans la nuit où est mort le frère jardinier ? Je veux dire : était-il en place, le jour précédent ?

– Ma foi, répondit le moine d'un ton hésitant, je ne sais... Voilà deux jours que je travaille au potager extérieur.

– Il aurait pu être volé un autre jour ?

– Peut-être. Peut-être, oui. Je sais que le frère jardinier ne dormait pas beaucoup, et il m'avait parlé de quelque chose qui le tourmentait, quelque chose qui avait disparu.

– Le plant ? Le plant de ciguë ?

– Il ne me l'a pas dit, toutefois ce serait possible. Il était anxieux, et il avait l'intention de surveiller le jardin pendant la nuit.

C'était ça ! Un plant avait été volé. Le jardinier avait veillé, surpris son voleur... ou bien il avait surpris par hasard quelqu'un qui pénétrait dans le chartrier. C'était la nuit où Garin avait entendu du bruit dans le cloître... Oui, il jurerait bien que le plant avait disparu avant la mort du jardinier.

Avant ? Mais alors, le poison aurait fort bien pu tuer le frère Robert !

Oh ! Doucement ! Il fallait faire attention où on mettait les pieds. S'il y avait eu empoisonnement, ce n'était plus le fait de saint Aubert... Mais alors, le crâne ?

On voulait peut-être faire croire à une vengeance de saint Aubert pour dissimuler un crime ! La mort de Robert ne serait alors qu'une mise en scène !

Dans ce cas, qui aurait tué le frère Robert ? Beaucoup ne le portaient pas dans leur cœur, évidemment, mais de là à avoir manigancé sa mort…

Garin demeura pensif. Le premier jour, le frère Robert lui avait dit : « Je sais des choses… » ou une phrase de ce genre. Que savait-il ?

Garin eut un peu honte : voilà qu'il mettait en doute le miracle de saint Aubert. Cela pouvait être très grave. Il valait mieux qu'il garde ses doutes pour lui. Il songea enfin que s'il avait raison, si le vol de la ciguë visait bien à empoisonner le frère Robert, il ne le visait pas, lui. C'était un bon point, plutôt rassurant.

Rassurant ? Facile à dire. Malgré son courage légendaire (!) Garin ne se sentait pas franchement rassuré : le poison pouvait fort bien resservir…

12

Les trois clés

Garin frissonna. Le vent du large apportait une bruine humide qui s'insinuait partout. Saint Michel avait choisi un lieu magnifique, une vue splendide, mais sans penser à ses pauvres moines transis de froid. Non, décidément, Garin ne passerait pas l'hiver ici. D'ailleurs, le laisserait-on seulement atteindre l'hiver ?

Bon… il cédait peut-être un peu au plaisir de la phrase ronflante, à son goût pour les formules à vous faire frissonner d'angoisse… En tout cas, plus question de se mettre en danger. Les vols de reliques ne le concernaient pas, inutile d'exposer sa vie bêtement. On peut être courageux, cela n'implique pas de risquer sa peau pour de vieux ossements, ni même pour un crâne, fût-il percé !

Pour la première fois depuis bien longtemps, Garin songea à son maître-mot, celui qu'un vieux sage l'avait un jour incité à trouver, et qui était la meilleure protection contre tous les dangers. « Crâne » en faisait peut-être partie…

« Mystère » aussi, et d'autres qu'il avait déjà trouvés, comme « Bouclier », « Chevalier », « Sauvetage », « Mission »… Il avait peut-être le bon sans le savoir. Cela expliquerait que, malgré toutes les aventures terribles qui lui étaient arrivées, il soit toujours vivant !

Vivant, il comptait bien le rester. Il était fermement et définitivement décidé à ne plus remettre les pieds au chartrier, et il fallait absolument que tout le monde sache bien qu'il abandonnait l'inventaire ! La recopie des partitions de musique lui paraissait plus… plus utile, non ?

Bien sûr, il ne verrait jamais l'inventaire commencé par le frère Robert, mais tant pis ! Il avait déjà échappé aux soldats, aux loups, au Prince Noir, aux alchimistes véreux… La vie, il n'en avait qu'une, il y tenait.

Les moines avaient repris leurs prières à l'église. De nouveau seul dans le grand bâtiment, Garin réfléchit… Personne ne pouvait pénétrer de nuit dans l'abbaye, et encore moins dans la clôture, cela impliquait donc forcément que le coupable se trouve parmi les moines.

Frappé par une idée, il courut jusqu'à l'escalier qui donnait accès aux tribunes de l'église : de là-haut, on voyait tout sans que personne ne puisse soupçonner une présence. Il longea la tribune, qui ouvrait ses yeux de pierre sur la nef, pour s'approcher au plus près du chœur.

Au-dessous de lui, les tonsures des moines. Malgré le tragique de la situation, Garin ne put réprimer un sourire : les pauvres moines, tonsurés de près, portaient tous sur le crâne les coupures rouges de maladroits rasoirs. Il les examina un par un. Le coupable était là. L'hôtelier ? L'infirmier ? Le cellérier ? L'aumônier ? Le chantre ?... Et pourquoi pas l'abbé lui-même ?

Les autres, il les connaissait moins. Il y avait forcément aussi parmi eux l'espion. Lequel ? Il n'en avait pas plus d'idée qu'à son arrivée ici. Dans cette assemblée aux crânes bigarrés, chacun semblait désespérément ordinaire. Garin redescendit sans bruit et regagna le scriptorium.

Les tentures tirées l'inquiétèrent soudain : elles avaient l'avantage de diviser la trop grande salle en petites cellules plus chaudes, mais n'importe qui pouvait s'y cacher et lui tomber dessus à l'improviste ! Prudemment, et dans un ordre savamment calculé, il les replia toutes une à une. Tant pis pour la chaleur : il n'aurait qu'à s'installer au plus près de la cheminée pour ne pas geler.

La meilleure place était celle de frère Robert. Le gros livre qu'il était censé recopier lorsque la mort l'avait fauché était toujours ouvert sur son pupitre. C'était un texte latin. Garin le referma.

Tiens ! Sous le gros volume qui, étant donné la vitesse à laquelle travaillait le vieux copiste, n'avait sans doute pas bougé depuis des mois se trouvaient coincés deux feuillets, portant en haut la date de mars 1357. Le début de cette année.

Garin les tourna vers la lumière et lut :

« Un coffret de plomb avec des têtes tout autour, contenant une phalange de saint Frediano et une parcelle du mouchoir de Notre Seigneur. »

C'était à peine croyable ! Il avait sous les yeux l'inventaire que frère Robert croyait dans le chartrier !

Le cœur battant, il parcourut les lignes malhabiles pour arriver à : « reliquaire d'argent, contenant le bras de saint Eustache ».

En marge était indiqué : « le reliquaire est vide. Or, nous ne sommes que trois à posséder la clé du chartrier : le cellérier, le chantre et moi-même. Je crois connaître le coupable du vol ».

Garin en demeura suffoqué. Le coupable ? Le cellérier, le chantre et…

« Le cellérier n'a rien à me refuser », avait dit frère Robert.

La cloche annonçant le repas, Garin reposa vite l'inventaire là où il l'avait trouvé et rouvrit le gros livre par-dessus. Comment imaginer une meilleure cachette pour le précieux parchemin ? Si personne n'y avait touché depuis la mort de frère Robert, c'est que tous ignoraient à la fois où il se trouvait, et sans doute le danger qu'il représentait. Le frère Robert se rappelait-il même avoir écrit ces révélations en marge ? C'était douteux… il ne l'aurait pas envoyé, lui, à la recherche de cet inventaire !

Il gagna le cloître pour s'y laver les mains avant d'aller manger.

Garin commençait à bien se débrouiller à table : il savait parler, comme les autres, avec les mains. Il pouvait demander de la moutarde en tournant en rond son poing dans sa main, une cuillère en portant sa main à sa bouche, faire le geste de sucer son doigt pour avoir du lait, dessiner un cercle avec trois doigts pour le pain... Son regard glissa vers le frère cellérier. Le jour de la disparition du crâne, il l'avait vu faire un geste que Raoul lui avait expliqué. Or Raoul s'était trompé. Maintenant que Garin connaissait bien la langue des signes, il savait que le cellérier n'avait pas demandé un livre, le signe qu'il avait fait y ressemblait un peu, sans plus : ce n'était pas un signe convenu. Garin aurait volontiers parié qu'il « parlait » alors du crâne disparu. À qui ? Impossible de le dire.

Le repas avait été bref et léger (juste les traditionnelles fèves) et, cas assez rare, l'abbé rejoignit les moines dans le cloître où il resta un moment à parler avec le cellérier. Son visage était tourmenté. Enfin, il fit un signe en direction de Garin, qui s'en inquiéta aussitôt. Un second signe ne lui laissa pas de doute : on lui enjoignait de s'approcher.

– Demain sera jour de jeûne, informa l'abbé à voix basse. En hommage à saint Michel, et pour qu'il intervienne pour nos malheureux moines auprès de Dieu, notre repas sera constitué simplement de ce que nous aura donné la grève. Le frère cellérier s'est proposé pour aller ramasser des coques. Voulez-vous bien l'accompagner ?

Lui ? Avec le cellérier ? Euh… Mais enfin, il était scribe, pas pêcheur !

On ne lui laissa pas le loisir de protester.

– Je vous le demande, insista l'abbé. Tous nos autres frères sont requis à la prière qui, seule, pourra délivrer le monastère de ces influences malfaisantes.

Pour une fois, Garin aurait bien préféré la prière ! Se trouver seul avec le gros frère Jean sur les grèves désertes ne le réjouissait que modérément.

… Il n'y est peut-être pour rien, se répétait-il, pour rien dans le vol des reliques, dans la mort des deux moines.

Et puis le chantre possédait aussi la clé du chartrier et ne portait pas frère Robert dans son cœur. Le chantre, ou le cellérier, venaient-ils d'un autre monastère ?

Seulement, voler des reliques était une chose, tuer pour dissimuler le larcin en était une autre. Un moine, un saint homme pouvait-il commettre un acte aussi affreux ? Un moine mettrait-il son âme en péril pour quelques os ?

Allons… Il n'y avait peut-être aucune corrélation entre ces événements.

– Venez-vous ? demanda le frère cellérier.

Que pouvait-il faire ? Il songea que le moine était gros et lourd. Bien sûr, s'il lui tombait dessus du haut d'une muraille, il l'écraserait, mais pour lui porter un coup en traître, il n'était pas assez vif, d'autant qu'il n'y avait pas plus alerte qu'un scribe sur le qui-vive.

Bon, il avait intérêt à se tenir sur ses gardes. Règle

numéro un du scribe avisé : ne jamais précéder ; se contenter de suivre. Règle numéro deux : épier tous les mouvements de l'ennemi.

L'un derrière l'autre, les deux pêcheurs improvisés gagnèrent le cellier. Il y faisait très sombre. Entre les gros piliers carrés ne restaient que quelques sacs de farine que deux serviteurs étaient en train de déplacer. L'antre du cellérier ne respirait pas l'abondance. Les jarres étaient couchées sur le flanc, les crochets où l'on suspendait les chapelets de saucisses aussi solitaires que des ermites. Seuls les tonneaux de poisson salé ne semblaient pas manquer, ni les gros fûts de vin alignés contre le mur. Maintenant que les portes avaient été rouvertes, la situation allait sans doute s'améliorer.

Le frère cellérier se saisit d'un panier d'osier, en donna un autre à Garin et se dirigea vers une énorme roue de bois.

Crédiou ! Qu'avait fait le gros moine ? Un passage venait de s'entrouvrir juste devant la roue. Garin crut qu'ils allaient sortir par là, mais pas du tout : le cellérier laissa l'ouverture béante et se dirigea vers la porte du fond. Ils y laissèrent leurs souliers.

Ils se retrouvèrent dehors, au froid soleil de novembre, et descendirent vers une sorte de jardin en terrasse. Ils contournèrent ensuite la Merveille et la longèrent jusqu'à un escalier qui dévalait la pente raide, droit vers la fontaine Saint-Aubert.

Le cellérier allait s'engager dans l'escalier quand il s'arrêta net : son regard venait d'être accroché par

quelque chose. Il s'approcha de la muraille. La fosse à excréments, juste au-dessous des latrines, débordait. Il y avait là une corde. Garin regarda ailleurs. Le moine ne fit aucune remarque. Il revint simplement sur ses pas, sans rien toucher. Il paraissait de nouveau préoccupé.

La mer s'était retirée au loin.

– C'est terrible ! souffla soudain le cellérier en s'arrêtant au milieu de l'escalier pour s'essuyer le front d'un revers de manche. C'est terrible ! Songer à manger quand le monastère est sous ce coup affreux… L'homme est faible, n'est-ce pas ?

Il releva soudain la tête pour regarder vers le pied des remparts, la fosse à excréments, et lança à Garin un regard étrange. Pensait-il à la corde ? À autre chose ?

13
Mauvaise posture

Ne pas le quitter des yeux, ne pas relâcher sa surveillance, c'était sa seule chance. Garin épiait le moindre geste de son accompagnateur.

Le gros moine ne semblait pourtant pas être en train de tramer quoi que ce soit d'agressif. Son visage au contraire paraissait empreint de frayeur, et il ne cessait de s'éponger le front malgré le petit vent aigre qui soufflait de l'est et glaçait Garin. La brume commençait à ramper vers eux.

Ils s'arrêtèrent sur un banc de sable. Le cellérier savait-il bien où il allait ? Connaissait-il bien les dangers de la baie ?

En un éclair, Garin réalisa que s'il voulait sa mort, c'était extrêmement simple : il suffisait de le mener sur les sables mouvants ! Cette découverte l'ahurit : bien sûr ! Avait-il été sot ! Il s'agissait d'un coup monté ! Des coques, il n'y en avait nulle part !

Il s'immobilisa. Un rapide regard derrière lui révéla la trace distincte de leurs pas. Il faudrait repartir en mettant ses pieds aux mêmes endroits.

Sans prêter attention à lui, le cellérier posa son panier et se mit à danser d'un pied sur l'autre. Était-il devenu fou ? Il n'arrêtait pas de se dandiner et, maintenant, ses pieds nus faisaient dans l'eau qui commençait à affleurer d'étranges bruits de succion. Et puis…

Crédiou ! Des coques ! Les coques émergeaient du sable tout autour du gros moine. Stupéfait, Garin se mit timidement à imiter la danse étonnante du cellérier… sans aucun succès !

– Vous êtes trop léger, observa le frère, ramassez plutôt.

Trop léger ! Donc, plus on est gros, moins on risque de mourir de faim, quelle injustice !

Garin s'agenouilla pour ramasser les coquillages. Il en sortait de partout, petites taches claires sur le sable gris. C'était bien la première fois qu'il voyait pareille méthode ! Oui… évidemment, ailleurs, on n'avait pas besoin de piétiner puisque, à la marée montante, les coques sortaient d'elles-mêmes. Ici, attendre la marée, c'était attendre la mort !

Gardant une prudente distance, Garin ne quittait pas le moine de l'œil, prêt à bondir au moindre mouvement suspect.

Ils demeurèrent sur le banc de sable un long moment, avançant peu à peu, chacun à son travail. Garin en était venu à balayer d'un coup de main plusieurs coques ensemble, quand le gros moine s'immobilisa soudain.

– Chut !

Il écouta dans le vent.

– Je l'entends, dit-il enfin, il faut partir.

Garin n'entendait rien de particulier, mais lui n'avait pas vécu ici ces longues années qui font des habitants du Mont les fils de la mer. Il remarqua seulement que la brume s'était épaissie, et qu'on ne voyait plus le monastère que comme une grosse masse informe.

– Dépêchons-nous ! lança le cellérier, nous sommes sous l'influence de la nouvelle lune. La mer monte encore plus vite et plus haut que d'habitude.

Il souleva résolument son panier et se mit à marcher d'un pas extrêmement rapide pour un homme de cette corpulence. Garin cueillit vite les dernières coques. Le gros moine se trouvait déjà à six longueurs de lance. Garin coupa au plus court, droit sur lui.

Le sable était mou, ici, et le panier lourd. On s'enfonçait, c'était pénible. On s'enfonçait, on s'enfonçait trop ! Garin vit son pied disparaître dans le sable. Il le souleva d'un mouvement violent, et son autre pied s'engloutit à son tour. Quel terrain détestable ! Il extirpa de nouveau

son pied, l'autre s'enlisa plus profond que la première fois. Il posa le gauche avec prudence... impossible de retirer le droit. Ses deux pieds, ses deux mollets maintenant, étaient prisonniers du sable. Il tomba à genoux pour se tirer de là... le sol eut un mouvement inquiétant de gélatine. Petit à petit, il cédait sous son poids, on aurait dit qu'il voulait le sucer, l'absorber. La panique saisit Garin.

– Frère... frère Jean !

Le gros moine continuait de marcher. Garin hurla de toutes ses forces :

– Frère Jean !

Le cellérier se retourna enfin. Il observa de loin le scribe englué dans les sables mouvants, sa bouche s'arrondit... Il tourna le dos et reprit son chemin vers le Mont.

– Frère... souffla Garin suffoqué, frère...

Le moine était parti. Parti ! La brume l'avait englouti.

Saleté de moine ! Assassin !... Ah ! Il s'en était douté pourtant ! Pourquoi n'avait-il pas écouté son instinct ? Pourquoi n'avait-il pas attaché assez d'importance à ce qu'il avait lu ? Maintenant, il était là. Maintenant c'était à son tour de mourir. Pour la première fois, il prononça dans sa tête les mots terribles de « sables mouvants ». Il était perdu.

Non ! Il ne voulait pas ! Il tenta de se remettre debout... ses jambes s'enfoncèrent d'un coup jusqu'aux genoux. Puis le sable commença à monter petit à petit, à grignoter ses cuisses. Le poids de son corps portait seulement sur ses pieds… Il fallait l'éviter à tout prix ! Il se jeta à plat ventre. Plus rien ne bougea.

Dans cette position, son corps offrait une plus grande résistance aux atroces ventouses qui voulaient le tirer vers le fond. De chaque côté de son visage, ses mains repoussaient le sable, mais au moindre mouvement, la bête tentait de nouveau d'avaler son corps. Il fallait sortir de là. Ramper. Oui, ramper.

Il avança son bras et, s'appuyant sur le sable, il tenta de se hisser vers l'avant. Il bougea un peu. Le coude fut aussitôt capturé par la masse mouvante. Vite, il prit appui sur l'autre bras, pour faire un nouvel effort, encore plus violent. Avait-il vraiment avancé ? Voilà que sa main était captive aussi ! Il l'arracha vite à l'ennemi.

Sa mâchoire se crispa, ses yeux s'agrandirent d'effroi… L'eau, l'eau arrivait ! Une petite vague discrète venait de frôler ses doigts.

Non, elle se retirait. Elle repartait au loin. Le temps d'un appel à Dieu, elle revint… ou bien était-ce sa sœur, plus effrontée ? Elle lui enserra la main d'une brève étreinte et s'en alla. La troisième recouvrit les deux bras de sa caresse mortelle. Garin redressa la tête :

– Au secours !

Il lui sembla qu'aucun son n'était sorti de sa bouche.

Il souleva son corps avec désespoir. Immobilisées dans des gaines de fer, ses jambes ne bougèrent pas. Il écouta dans le brouillard glacé qui tombait maintenant sur lui. Il n'y entendit que le chuchotement traître des vagues qui prenaient de plus en plus d'assurance, le cernaient sans pitié, sans égard pour son désespoir.

Sourdes. Elles étaient sourdes et mauvaises, et sans âme.

« Saint Garin, si vous me sortez de là, je vous jure de ne plus rêvasser pendant la messe, et de… »

Le bout d'une corde tomba à côté de lui.

– Vite ! s'exclama la voix du cellérier, accrochez-vous !

Sans réfléchir une seconde, Garin se saisit du bout de corde. Jamais moment ne lui avait paru plus exaltant. Il se sentit hissé, tiré. Ses jambes provoquaient en sortant du sable de délicieux bruits de succion.

La corde attachée autour de la taille, le gros cellérier tirait de toutes ses forces, et Garin s'extirpait peu à peu

de l'horrible piège. Il se trouva enfin affalé dans l'eau, trempé, mais vivant.

– Vite ! cria encore le cellérier.

Et courant derrière lui vers le Mont, Garin réalisa enfin que le gros moine lui avait sauvé la vie, qu'il ne l'avait pas abandonné, qu'il avait simplement couru jusqu'au Mont pour chercher une corde. Une corde ? Garin porta ses mains à ses narines avec suspicion. Baaah ! Ça sentait… Ça sentait les latrines ! Crédiou ! Pour une fois, il était bien content de puer autant des mains.

Il courait. Voilà qu'il voyait avec bonheur l'eau gicler

autour de lui à chaque pas. Il n'en avait plus peur : saint Garin était venu à son secours, il n'allait pas le lâcher maintenant !

Il avait raison : ils arrivèrent sains et saufs sur les premières marches de l'escalier. Le cellérier était plus rouge que la crête d'un coq, on aurait dit qu'il s'étouffait. Il s'assit un moment sur les marches, et Garin crut bien qu'il allait tomber raide. Lui reprenait haleine, incapable toutefois de prononcer un mot. Il aurait voulu parler au moine, s'excuser d'avoir cru qu'il l'abandonnait et même qu'il avait tramé sa mort… Il n'y arrivait pas.

Enfin, le moine se releva, s'essuya le visage sans rien dire, en soufflant comme un phoque, puis entreprit de monter l'escalier. C'était comme si l'effort qu'il venait de faire avait épuisé toutes ses réserves, et au-delà. Pied à pied, lourdement, il gravit l'escalier en s'épongeant toutes les deux marches. À croire qu'il ne parviendrait jamais aux contreforts de la Merveille.

Ils s'arrêtèrent enfin en haut. Le panier du moine attendait là. Quant à celui de Garin, il était pour l'heure bercé par la mer, qui allait bientôt reprendre son bien et le digérer. Probable que les coques n'allaient pas trop se plaindre de finir dans l'estomac de la mer plutôt que dans le sien.

Ses yeux s'agrandirent de surprise. Il était en train de comprendre ce que le gros moine avait fait avant de quitter le cellier : il avait ouvert la porte qui cachait la roue et libéré le système de poulie. Au lieu de traîner le panier jusqu'au cellier, frère Jean l'accrocha à la corde qui pendait et, le laissant là, ils remontèrent au cellier.

Garin commençait à geler dans ses vêtements mouillés. Le moine, lui, suait et soufflait plus que jamais.

– Merci, réussit enfin à articuler Garin. Vous m'avez sauvé la vie.

Le moine respirait péniblement :

– C'est moi… qui l'avais mise en péril, par mon inattention… J'aurais dû vous préciser de marcher juste dans mes pas… Enfin, Dieu n'a pas voulu me punir, et vous a laissé la vie.

Garin avait la faiblesse de croire qu'en cas de perte malencontreuse de sa vie, ce serait lui le plus puni. Bah ! qui sait ? Le remords est peut-être pire que la mort. En tout cas, il était bien content d'être vivant, bien content. On n'a qu'une vie, non ? Autant qu'elle dure un peu.

– Je n'en peux plus, soupira alors le cellérier. Tout effort m'est insupportable.

– Vous auriez dû envoyer un autre moine à votre place, remarqua Garin presque affectueusement. Frère Raoul, par exemple, aurait pu venir chercher les coques (et peut-être, se dit-il, rien ne se serait passé).

Le cellérier lui lança un regard énigmatique.

– Non, dit-il seulement. Non.

Il se leva lourdement sans donner d'autres explications et entraîna Garin dans le cellier.

– Vous pouvez… demanda-t-il.

Il s'arrêta net. Sa lèvre trembla un peu, puis il finit :

– Non. Je vais le faire.

Il se dirigea vers l'énorme roue verticale, pénétra à l'intérieur, tourna le dos au vide et commença à appuyer lourdement sur la pente des planches. La roue se mit en branle, tourna sur elle-même, remontant le panier de coques.

Le panier… Garin le considéra un moment. Il lui venait une drôle d'impression…

14

La révélation des Usages

La nuit fut si pleine de cauchemars que la cloche de prime représenta un vrai soulagement. Un comble ! Garin sauta de sa paillasse sans hésiter un instant : cette cloche, il lui devait beaucoup. Surtout à sa corde !

Comme il l'avait promis à saint Garin, il se montra attentif pendant toute la messe, et ce fut un grand effort, car plusieurs fois il se retint au bord du précipice de la distraction.

Il tint bon, il était content de lui. Parfois, involontairement, il se frottait les jambes, comme pour s'assurer qu'elles étaient toujours là, puis il se mettait à haleter involontairement et la sueur lui perlait au front. Saint Garin protégez-moi…

Seul le crépitement des flammes animait le scriptorium, et Garin tentait de se concentrer sur son antiphonaire quand, brusquement, il sentit le souffle du chantre dans son dos. Il en laissa tomber sa plume. Il ne s'y habituerait jamais !

– Frère Sévère n'est pas avec vous ? chuchota le chantre d'un air fâché.

Tentant de rassembler ses esprits, Garin fit un signe négatif.

Le moine se dirigea alors d'un pas souple vers la table où gisaient les feuillets à relier et les tapota d'un geste agacé. Puis, revenant vers Garin, il reprit dans un souffle :

– Le travail qu'il m'a fait l'autre jour était déplorable. Il est incapable de fabriquer une bonne colle. Et pourtant, il a travaillé à l'atelier de reliure de l'abbaye de Landévennec !

De toute façon, le moine-hareng ne semblait pas un acharné du travail et on le voyait fort peu au scriptorium. C'était un homme de prière, pas un homme d'action.

– Sauriez-vous confectionner de la colle ?

Prudemment Garin répondit par la négative. Il ne tenait pas à moisir dans cette abbaye et, si on découvrait ses quelques talents, il ne pourrait plus partir.

Le chantre eut un soupir de découragement.

– S'il se met à disparaître comme le frère Robert, ça ne va plus ! s'exclama-t-il enfin.

Il avait parlé presque à voix haute et en sembla un instant confus.

– Il est peut-être sorti, proposa Garin.

– Aucun moine ne peut sortir sans autorisation.

Crédiou ! C'était vrai ! Si un moine avait volé des reliques récemment, il fallait trouver qui avait demandé des autorisations de sortie.

– Personne n'enfreint la règle ? interrogea-t-il.

– C'est impossible.

Vraiment, le chantre était confiant !

Enfin, pas si confiant, car il ajouta :

– Nous avons huit offices par jour, auxquels chacun se doit d'assister. Les présences sont faciles à contrôler. Le reste du temps, chacun a son travail, et presque personne ne travaille seul. Une absence se remarquerait donc. Les rares isolés demeurent sous la responsabilité de… de quelqu'un d'autre.

Le moine-espion ! C'était donc ça ! C'était lui qui veillait à ce que chacun soit là où il devait être… Mais lui, ce fameux espion, est-ce que quelqu'un le surveillait ?

Garin eut un regard pour la place vide de Robert.

– Bien sûr, ajouta le chantre en suivant ses pensées, frère Robert était seul jusqu'à l'heureuse arrivée de frère Sévère. Et maintenant…

Il soupira.

– Nous manquons de frères, nous en manquons terriblement !

Frère Sévère ! Voilà encore un moine qui venait d'ailleurs, tout comme frère Raoul. Seulement le vol des reliques avait commencé bien avant leur arrivée.

Y avait-il eu des vols récemment ? Comment le savoir ? Le crâne, on l'avait retrouvé dans la main de frère Robert, pourtant ce n'était pas lui qui avait volé les autres ossements… Les os de saint Eustache avaient été replacés dans le reliquaire avant le meurtre du jardinier.

Le chantre ressortit de son pas feutré et, presque aussitôt, le frère Sévère arriva. Sans dire un mot, il tira les tentures pour s'isoler à son travail et Garin n'entendit plus rien. Décidément, ce moine-hareng n'était pas un compagnon très agréable. Garin n'aurait pas détesté que ce fût lui, le coupable des vols et des meurtres. Il faudrait qu'il creuse cette piste.

Oui. Mais l'inventaire disait : le cellérier, le chantre…

Le chantre qui ne voulait pas qu'on ouvre les reliquaires…

Garin se sentait les mains gelées. Voilà qu'il devenait comme le frère Robert ! Il laissa son travail et souffla sur le feu. Les flammes se réveillèrent, il leur tendit ses mains. « Flamme », oui, flamme, plutôt que « crâne » dans son maître-mot. « Bouclier » et « flamme » : ils pou-

vaient évoquer en même temps le courage et la protection. La protection, n'était-ce pas ce dont il avait le plus besoin ? Quant au courage, il allait de ce pas se le prouver à lui-même... Tant pis ! Certains jours, la curiosité demande une véritable force de caractère !

Tous les moines étant occupés à leurs travaux, Garin quitta le scriptorium en catimini.

En passant devant la crypte des Trente Cierges, il perçut un bruit étrange. Il osa quelques pas dans cette direction, sur la pointe des pieds et aperçut, à genoux devant le coffre qui contenait les vêtements de la Vierge, le cellérier qui sanglotait.

C'était une image terrible que celle de ce gros homme au plus profond du désespoir. Garin en fut troublé. Voilà qu'il avait de l'affection pour le moine, et pourtant, il n'était pas certain de son innocence dans l'affaire des coques. Quand le cellérier était revenu sur ses pas pour le tirer des sables mouvants, n'avait-il pas simplement été poussé par le remords ?

Rasant les murs, Garin remonta jusqu'au cloître. Il avait toujours sur lui la clé du chartrier. Bien sûr, il s'était promis de ne plus venir ici, mais c'était avant que la curiosité ne l'empêche de dormir. Il fallait qu'il voie !

Y avait-il un moyen de découvrir si d'autres reliques avaient disparu récemment ? Il entrebâilla la porte avec précaution.

Tant de reliquaires entassés... Comment savoir ? Les ouvrir ?

Il esquissa une courte prière pour demander à tous les saints rassemblés là de lui pardonner, fit valoir que c'était pour leur bien, qu'il n'avait aucune mauvaise intention à leur égard, et qu'il ne les toucherait même pas. Enfin, il tenta de soulever le couvercle d'une petite châsse de plomb en forme de chapelle. Fermée. Ce qu'il y avait dedans n'était pas indiqué. Il la déposa sur le sol et essaya le coffre de bois du dessous, qui s'ouvrit. Au fond, on ne voyait qu'un peu de poussière et un petit rouleau de parchemin. Garin approcha doucement sa main. Il ne se brûla pas. Le parchemin se laissa dérouler. Il était écrit : « Nombril de Moïse ». Ah bon ?... Il jeta un dernier coup d'œil, perplexe, à la vague poussière, remit le tout en place et s'attaqua au reliquaire suivant. Le couvercle n'était pas non plus fermé. C'était vide. Ni poussière, ni os, ni parchemin. Aucune inscription extérieure.

Bon, il manquait des tas de reliques, mais ça, il le savait depuis longtemps. En avait-on volé récemment ? Les coffres ne le lui diraient pas. Il referma.

C'est alors qu'il aperçut, derrière le reliquaire, un coin de cuir qui dépassait. Il tira. C'était un livre, assez ordinaire, qui contenait...

« Usages ». Il était écrit « Usages ». Incroyable ! Était-ce vraiment là ce fameux « Accord sur les Usages », auquel chacun voulait se référer, et qu'on croyait perdu ?

Garin le glissa sous son bras et ressortit au soleil du cloître. Il s'immobilisa brusquement : la tête baissée, en prière comme à son habitude, frère Sévère traversait le jardin. Pourvu qu'il ne l'ait pas vu sortir du chartrier ! Non. Le moine-hareng ne portait jamais aucune attention aux autres. Ouf !

Le livre était très curieux : on y indiquait précisément la fonction de chacun, ses droits et ses devoirs. Il y avait un article pour l'abbé, un pour le chapitre, un pour le chantre.

Tiens, le chantre ! Il lut :

« Il a un scribe à sa disposition » C'était le frère Robert – et quel scribe ! le chantre pouvait être content !

« Il a les clefs des archives »... Oui, les archives étaient dans le chartrier, le chantre en avait la clé.

« Il doit faire la levée des troncs, à laquelle aucun séculier ne doit assister. » Aucun séculier ? Garin y était pourtant allé, et il n'était pas moine ! Le chantre était-il bien au courant de ce texte ?

Le reste n'était pas très intéressant.

Venaient ensuite le trésorier, le bailli, l'aumônier : « Les revenus de l'aumônerie ne doivent servir qu'aux pauvres. »

Le camérier : « Chaque année, à Pâques, le camérier reprend les vêtements usagés des religieux et leur en donne des neufs. » (On n'était pas à Pâques, mais on avait tout changé.)

L'hôtelier, le cellérier. Ah ! le cellérier : « Le pain doit être du meilleur froment. La boisson est le vin d'Anjou. Le cellérier doit donner à l'hôtelier ce qui lui est nécessaire. »

L'œil de Garin s'arrêta. Il relut.

Crédiou ! L'hôtelier avait donc raison dans sa dispute avec le cellérier ! Garin en avait hâtivement conclu que l'hôtelier avait de gros besoins d'argent, alors que celui qui en manquait était sans doute le cellérier, qui ne lui donnait pas ce qu'il devait.

Garin demeura pensif. Il se répéta : « Le cellérier ne donnait pas ce qu'il devait... » Or, il recevait certainement une part des revenus de l'abbaye pour cet usage, sinon l'hôtelier n'aurait pas réclamé... Si le cellérier recevait de l'argent et ne le redistribuait pas, qu'en faisait-il ? Avait-il d'autres besoins inavouables ?

Garin demeura un moment perdu dans ses pensées, puis il songea soudain au système de roue du cellier : ces paniers qu'on avait remontés, on pouvait tout aussi bien les descendre. Il n'y avait pas besoin de sortir pour évacuer des ossements, il suffisait d'avoir un complice en bas.

Garin consulta les autres Usages. Une mine d'informations intéressantes.

Oui... Il était peut-être en train de se monter tout un roman sous prétexte qu'il était écrit : « le cellérier doit donner à l'hôtelier ce qui lui est nécessaire ».

Mais la ciguë ? Mais la vengeance de saint Aubert ? Mais le meurtre du jardinier ? Tout cela était-il vraiment l'œuvre du cellérier ? Imaginer ce gros homme avec, à la main, un scalpel meurtrier !

À la main... L'homme que Garin avait vu tenant un couteau ne pouvait être le cellérier. C'était un moine, bien sûr, mais plutôt mince.

Crédiou ! Quel casse-tête !

La vengeance de saint Aubert, il n'y croyait plus. Il était de plus en plus persuadé que le moine au couteau avait voulu tuer le frère Robert, et qu'il s'était aperçu au dernier moment qu'il n'était pas seul. Ensuite, il avait réfléchi à une méthode plus discrète et monté l'affaire du crâne. Pourquoi voulait-il tuer le frère Robert ? Parce que celui-ci connaissait le vol des reliques. On en revenait au cellérier ou au chantre, et les Usages donnaient des arguments pour la culpabilité du cellérier.

Enfin… peut-être.

Quand la cloche du repas appela à table, Garin était toujours dans le cloître. Si le chantre était passé au scriptorium et avait constaté son absence, il devait être dans tous ses états : le scriptorium était maudit, personne ne pouvait rester y travailler ! Les pauvres novices n'étaient pas près d'avoir leurs partitions !

« Novices » ! Un seul pensionnaire du monastère avait officiellement quitté ces lieux : le novice qui muait !

En emportant quelque chose ?

Était-il parti avant ou après la mort du jardinier ? Impossible de se le rappeler.

Au lavatorium du cloître, où on devait se laver les mains avant chaque repas, il y avait douze places (douze, comme les douze apôtres). Garin étant à pied d'œuvre, il s'y présenta en premier. Puis les moines convergèrent de partout et la galerie se remplit de robes noires. Après quoi le long cortège des robes balayèrent les dalles du réfectoire et s'immobilisèrent en rang serré devant la table. Les capuchons tombèrent.

Le moment où les visages se découvraient était toujours une révélation. Le chantre semblait soucieux, le cellérier était rouge et ses yeux gonflés, le frère Raoul semblait intimidé, l'hôtelier préoccupé et l'abbé… l'abbé était absent. La voix monocorde du lecteur s'éleva, étouffant les bruits discrets qui arrivaient de la cuisine.

Dans la salle des hôtes, à l'étage du dessous, était reçue la délégation de Dol. Ce n'était pas pour elle qu'on cuisinait à cette heure, car cette salle avait ses propres cheminées, énormes, où l'on pouvait cuire des bœufs entiers. C'était plutôt pour l'aumônerie, où les pèlerins affluaient de nouveau car, en écoutant bien, on distinguait, résonnant sourdement dans le mur, le bruit saccadé du monte-charge.

Garin jeta un coup d'œil vers le cloître… Le chartrier, le cloître, le réfectoire, la cuisine, le monte-charge, l'aumônerie, le cellier… tout communiquait. On pouvait facilement faire transiter les reliques par ce chemin.

Après deux coupes de vin, l'esprit de Garin devint un peu flou. Le cellérier, le chantre, le novice, le monte-charge, la ciguë… (seul frère Raoul connaissait l'existence de cette dernière, non ?), la roue du cellier, la robe du moine. Quelle pagaille !

15
La ciguë et le moine espion

Après le silence du réfectoire, on pouvait imaginer que les moines allaient se distraire la langue dans le cloître. C'était mal les connaître : leur longue habitude du silence leur rendait la parole difficile. Même au cloître, le langage ne leur servait qu'à communiquer les choses essentielles qui ne pouvaient se transmettre par signes. Après les événements récents, la parole s'était faite encore plus rare. Seul Raoul, à cause peut-être de sa jeunesse, était toujours abordable. Garin se dirigea vers lui.

Les mains enfouies dans ses larges manches, le jeune frère arpentait d'un air méditatif les dalles glacées, dans un angle du cloître que le soleil n'atteignait jamais.

En voyant Garin devant lui, il hocha la tête d'un air découragé :

–Je croyais trouver ici un monastère de paix, perdu dans la mer et dans la gloire de Dieu… La déception doit être cruelle aussi pour frère Sévère, qui est un homme si pieux.

Bien fait pour le moine-hareng ! Bien fait pour sa piété ostensible et prétentieuse qui ennuyait tout le monde (c'est-à-dire surtout lui) et cachait un cœur égoïste – du moins c'est ainsi que Garin le voyait.

– Vous connaissez depuis longtemps le moine-har… euh, le frère Sévère ? demanda-t-il.

– Non, répondit frère Raoul d'un air étonné. Pas plus longtemps que vous-même.

– Pourtant, vous étiez ensemble lorsque je vous ai rencontrés.

– Nos chemins s'étaient croisés juste avant.

– Vous ne venez donc pas du même monastère ?

– Non. Lui de Landévennec, et moi de Saint-Gildas-de-Rhuys. C'est un pur hasard que vous nous ayez trouvés ensemble.

– Vous semblez soucieux, remarqua Garin.

– On le serait à moins : depuis que nous sommes arrivés, le monastère semble devenu fou (il baissa encore la voix). Le diable, peut-être, guette du haut des tours.

Le frère Sévère venait de s'arrêter à deux pas pour approuver pensivement de la tête. Il ne dit rien, ce qui était dans ses habitudes, mais son visage semblait aussi tourmenté que celui de Raoul.

– J'en suis tout retourné, reprit le frère Raoul en chuchotant. L'abbé m'a convoqué. Me soupçonne-t-il ? Oh ! c'est affreux. Il doit penser que le malheur est entré avec nous dans ce monastère, et peut-être a-t-il raison. Dieu ! Ayez pitié ! Moi qui cherchais la paix…

– Il ne vous soupçonne pas vraiment, rassura Garin,

c'est juste que vous êtes les seuls moines qu'il ne connaît pas.

– Oui, bien sûr... Il veut aussi interroger frère Sévère.

Et, se tournant vers son compagnon, il demanda :

– Vous a-t-il déjà convoqué, mon frère ?

– Pas encore, cependant il va certainement le faire, ce qui est normal. Mais à sa place, je vous convoquerais également, Garin, car vous aussi, êtes nouveau. Il ne vous connaît pas plus que nous, il ne sait même pas d'où vous venez.

Garin n'aima pas ces derniers mots. Même si le frère Sévère avait raison sur le fond, il lui déplaisait qu'il jette ainsi le soupçon sur lui. Il avait toujours eu l'impression que le moine n'avait aucune considération pour le pauvre scribe qu'il était et, maintenant, il était clair que ce hareng le croyait tout à fait capable de meurtre. Est-ce qu'il n'allait pas le dénoncer au père abbé ? Est-ce qu'il savait qu'il possédait la clé du chartrier ?

Bon sang ! il fallait d'urgence qu'il rencontre l'abbé, avant que le sévère frère Sévère ne jette la suspicion sur sa misérable personne. D'urgence !

La cloche au-dessus de leur tête appelant chacun à son travail, Garin et Sévère s'éloignèrent de concert. En bas de l'escalier qui séparait la crypte des Trente Cierges du vieux promenoir, Garin lui faussa compagnie pour filer vers la salle de l'Officialité.

Le père abbé n'y était pas. Bien sûr ! Il déjeunait sans doute avec la délégation de Dol ! Que faire ? Garin se retourna d'un bond : dans l'angle de la grande crypte, une ombre immobile. Le moine-espion ! Impossible de rester ici.

Déçu et inquiet, Garin revint lentement, par les couloirs compliqués du ventre du Mont jusqu'au scriptorium. Le moine-hareng n'y était pas. Pourvu qu'il n'ait pas réussi à parler à l'abbé !

Garin s'installa devant son pupitre. Il faudrait attendre l'office de none : l'abbé y serait. Là, il ne le lâcherait pas d'une semelle, jusqu'à être reçu en entretien particulier. Quand il voulait quelque chose, il savait parfaitement s'accrocher. Comme la bernique à son rocher.

Il travailla très mal, fit des taches et des ratures, et dut regratter son parchemin à plusieurs reprises pour en effacer les erreurs.

Comme le premier coup de cloche annonçant l'office venait de retentir, le chantre entra. Il eut un regard mécontent pour la place vide de frère Sévère.

– Où est-il encore ? chuchota-t-il en désignant du menton la table contre le mur.

– Je ne sais pas. Peut-être chez l'abbé.

Le chantre dodelina de la tête avec impatience :

– Il n'est pas chez l'abbé. En revanche, vous, vous y êtes convoqué. Dans un quart de chandelle.

Garin fixa la chandelle avec angoisse. Le hareng n'était pas chez l'abbé, non : il n'y était plus ! Il l'avait dénoncé et, maintenant, Garin était convoqué. Un court instant, il songea à s'enfuir, à tout laisser tomber.

On devait bien pouvoir filer, trouver une solution pour fausser compagnie aux moines !

Mais quitter ces lieux sans avoir le fin mot de l'histoire…

Jamais chandelle n'avait diminué aussi vite. Traînant les pieds, Garin dut se résoudre à se rendre à la douloureuse convocation.

L'abbé paraissait très calme, ce qui était plus que redoutable : on aurait dit qu'il avait pris une résolution.

– Je vous ai fait demander, dit-il sans élever la voix, parce que j'ai conservé ici le Livre du chapitre, et qu'il faudrait malheureusement que vous y enregistriez le décès de Dominique, notre pauvre frère jardinier.

Le soulagement de Garin fut sans borne. C'était tout ? On ne l'accusait de rien !

– Ah ! reprit l'abbé, toute cette affaire me donne bien du tourment ! Comprenez-moi : je suis né ici, au village d'en bas, et j'ai vécu plus de trente ans dans cette abbaye, dont vingt en tant qu'abbé. Tout ce qui s'y passe m'affecte cruellement. Nous avons beaucoup de malades, le climat n'est pas favorable à notre santé, et ces dernières années ont été très dures. D'abord la foudre, qui est tombée sur le clocher, voilà sept années. Nous avons eu peine à arrêter le feu, puis à remettre le monastère en état. C'est alors que cette épouvantable maladie (il ne dit pas le nom de la peste pour ne pas l'attirer de nouveau) a réussi à passer nos murs. Et puis cette guerre avec les Anglais, qui n'en finit pas…

Notre roi Jean le Bon, à qui est soumise cette abbaye, est prisonnier d'Édouard III d'Angleterre, et on m'a nommé capitaine du Mont. Capitaine ! Est-ce le rôle d'un abbé ? (Il poussa un soupir.) J'étais heureux de voir arriver ici deux jeunes moines. Ce fut hélas pour que deux autres s'en aillent ! Dieu aurait-il décidé que le nombre de ses serviteurs ne devait pas dépasser vingt-deux ? Deux jeunes contre deux vieux...

– Ces deux nouveaux moines, s'informa subitement Garin, les connaissiez-vous auparavant ?

– Notre monastère se montre toujours très circonspect. Il veille à la piété, à la moralité, et même à la santé de ses moines, avant de les accepter. Nous avions des renseignements sur nos deux jeunes, et les voir fut plutôt une bonne surprise, car j'avais cru comprendre que l'un d'eux était mutilé.

– Mutilé ? s'étonna Garin. Ni frère Raoul ni frère Sévère n'a besoin de béquilles.

– Non. On m'avait d'ailleurs assuré que les nombreuses marches de notre abbaye ne poseraient aucun problème. Enfin... le messager avait peut-être mal saisi. Bien, il va falloir que j'aille saluer la délégation de Dol avant qu'elle ne nous quitte.

– Avez-vous bien vérifié, intervint Garin presque malgré lui, qu'elle n'emporte que les reliques prévues ?

L'abbé lui jeta un regard surpris :

– Naturellement. Voulez-vous dire qu'il y a des risques de vol ?

– Certaines reliques ont disparu, lâcha rapidement Garin.

– Quand ?

– Je l'ignore. Au printemps déjà, et peut-être plus récemment. Si je puis me permettre… j'ai peur que frère Dominique, le jardinier, n'ait été assassiné pour avoir vu quelqu'un entrer au chartrier.

– Dieu ! Que dites-vous là ?

– Et la ciguë a pu disparaître avant ce jour. Le frère jardinier disait qu'on lui avait volé quelque chose, et il montait la garde dans le jardin. Volé quelque chose d'important, de dangereux, sûrement, sinon pourquoi se serait-il à ce point inquiété ?

– Qu'est-ce que cela signifierait ?

– Que… (Garin hésita devant l'énormité de ce qu'il allait dire) frère Robert aurait pu être empoisonné à la ciguë.

L'abbé réagit comme s'il avait été piqué par une guêpe :

– Comment ? Nous avons tous vu, nous avons tous été témoins du miracle !

– Je me trompe peut-être, rectifia Garin avec prudence.

Mais l'idée semblait avoir eu sur l'abbé un grand effet. Il parcourait le fond de la salle d'un pas nerveux.

– En avez-vous parlé à quelqu'un ? demanda-t-il sèchement.

– À personne.

– Alors n'en faites rien. Je mets vos paroles inconséquentes sur le compte de votre jeunesse, et fais comme si je ne les avais pas entendues. Vous oseriez douter d'un miracle ? Je pourrais vous accuser d'hérésie, et vous savez où cela vous mènerait ?

Au bûcher, oui. Garin n'avait nullement l'intention d'y goûter. Même par temps de gel. Rapidement, il fit son geste protecteur, porta son pouce à son oreille en même temps que son auriculaire à sa narine. Il n'avait qu'une vie.

« Flamme » dans son maître-mot ? Mieux valait y renoncer.

Il regagna la porte.

– Restez, lança brusquement l'abbé. Je veux que vous reconnaissiez votre erreur.

Tout crispé, Garin s'immobilisa.

– Et vous ne devez pas seulement me dire que vous vous êtes trompé, mais m'expliquer pourquoi, comment ces idées pernicieuses vous sont venues. Car s'il y avait eu un rapprochement à faire entre la disparition

de la ciguë et la mort de frère Robert, frère Dominique l'aurait fait !

Garin ne répliqua pas. Une parole imprudente et il était perdu.

– Parlez ! Apportez-moi la contradiction, que je voie si votre raisonnement se tient ?

– Euh... Le frère jardinier aurait pu craindre, comme moi, les accusations d'hérésie.

– Mauvaise réponse : j'aurais étudié son point de vue, car c'était un saint homme.

Il faut donc être saint pour avoir de bonnes idées, songea Garin. Et lui, qu'est-ce qui faisait croire qu'il n'était pas un saint ? Bon, il n'insista pas. D'ailleurs, à sa grande surprise, l'abbé poursuivit :

– La bonne réponse est : frère Dominique a pu être, comme nous tous, frappé de l'aspect miraculeux de l'événement.

Garin en fut tout décontenancé. Ainsi, loin d'être sot, l'abbé attendait une réflexion, pas forcément une soumission. Car lui aussi s'était mis à douter ! Ne pouvant toutefois pas remettre si vite en cause un miracle, il demandait tout simplement à Garin des arguments. Des arguments !

– Il n'a pensé à rien d'autre, continua l'abbé, car comment imaginer que quelqu'un puisse empoisonner un de nos frères ? Et d'abord, qui aurait voulu le tuer ?

Garin laissa passer un silence. Cette fois, c'était à lui de se lancer :

– Quelqu'un qui a voulu faire croire que frère Robert dérobait des reliques.

– Pourquoi ?

– Parce que quelqu'un en volait réellement, et que frère Robert savait qui.

– Ce que vous dites est très grave. On vole des reliques ?

– Le frère Robert l'avait découvert, et avait indiqué sur l'inventaire que des reliques étaient absentes. Je l'ai constaté moi aussi.

– On aurait volé, et on aurait tué le copiste parce qu'il le savait ? Vous voulez dire que sa mort, le crâne et la brûlure ne seraient que tromperie ?

L'abbé fit quelques pas nerveux avant de reprendre :

– Frère Robert n'aurait, en réalité, pas volé le crâne, et on aurait monté tout cela pour pouvoir le tuer en toute impunité ? C'est cela que vous prétendez ?

Garin se sentit tout à coup éclater. Perdant toute prudence, il affirma :

– C'est cela que je crois. Et cela sert aussi le voleur et le meurtrier : maintenant, si quelqu'un découvre qu'il manque des reliques, chacun pensera à la culpabilité de frère Robert. Ainsi, le copiste est, en bloc, accusé de tout. Et puis frère Robert avait les extrémités toutes bleues.

– C'est vrai. Je l'ai remarqué aussi. Continuez.

– Je n'en ai pas de preuve, mais n'est-ce pas la marque du poison ?

– Ciguë, laissa tomber l'abbé. L'empoisonnement par la ciguë laisse les extrémités bleues.

L'abbé Nicolas était maintenant dans un grand état d'excitation :

– Voyez-vous quelqu'un, dans ce monastère, qui vous paraisse capable de…

– Il y a un seul visage que je ne connaisse pas, dit Garin : celui du moine-espion.

– Ah ! vous utilisez les mots de frère Robert ! Je vous l'ai dit, écartez de vous l'idée qu'il puisse être coupable.

– Si nous raisonnons, je ne peux pas l'écarter sans savoir qui il est.

Là, il allait peut-être un peu fort ! Heureusement, l'abbé se contenta de hocher la tête :

– Dans toutes les abbayes, il y a ces espions dont vous parlez. Leur surveillance incite les moines à vaquer à leurs devoirs avec plus de rigueur. Il est la conscience de chacun. Chez nous…

Il s'arrêta un moment et regarda Garin :

– Ce moine, évidemment, a toujours mauvaise réputation, il est souvent haï par les autres, ce qui n'est pas un sentiment sain, ni avouable. Aussi, j'ai décidé que, dans ce monastère, l'espion serait… indéterminé. J'ai parfois joué son rôle, en alternance avec quatre autres de nos moines. Aussi, voyez-vous, abandonnez cette idée.

Le moine-espion était cinq ! Ça alors !

– Le frère Robert le détestait, reprit Garin en se remettant de sa surprise.

Le moine-espion n'était pas coupable ! Restaient les autres…

– Frère Robert disait dans son inventaire qu'il connaissait le coupable des vols.

– Qui ? L'a-t-il désigné ?

Garin ouvrit la bouche… Les noms moururent sur ses lèvres. Pouvait-il, sans preuve, accuser ? Et puis le voleur était-il le meurtrier ?… Eh !

Il bredouilla :

– Permettez-moi… Il faut d'abord que je vérifie quelque chose.

Il recula lentement vers la sortie. L'abbé ne l'arrêta pas. Mordiou ! Pourquoi n'y avait-il pas pensé plus tôt ?

16

Une vérité pleine de trous

Le jour commençait à baisser, mais le ciel qui s'était dégagé en fin de journée offrait un magnifique coucher de soleil. L'ombre colossale du Mont s'étalait sur le sable, prenant possession de la baie.

Garin n'y prêta aucune attention. Il dévalait à toutes jambes la pente qui menait au village. Pourvu que Louys soit encore là !

Il surprit le garçon frottant avec un chiffon doux sa médaille toute neuve.

– Eh bien ! lança celui-ci, tu as l'air bien excité !

– Et toi, tu as meilleure mine que la dernière fois que je t'ai vu !

– C'est que, cette fois, je n'ai pas passé la nuit bloqué dans une fenêtre.

Garin se mit à rire :

– Désolé, j'ai vraiment cru que tu pouvais passer !

– Moi aussi. J'ai dû grossir… À douze ans, c'est normal ! En plus, j'étais coincé de telle manière que je n'ai pas pu faire mon signe de protection. Alors j'ai fait celui que tu m'as montré, et je te le dis tout net : il ne vaut rien, ça n'a pas marché.

– Comment, ça n'a pas marché ? Tu dis des âneries : je suis arrivé, je t'ai tiré de là, tu as eu des vêtements neufs et un repas, j'ai récupéré la corde, je ne me suis pas fait prendre et… nous sommes toujours vivants, non ?

Tandis que Louys riait, Garin reprit son souffle. Il jeta par politesse un regard vers la médaille que le garçon lui tendait en lui faisant remarquer la netteté de la croix au bout de la lance de saint Michel et le visage si terrible du petit diable sur le côté. Au lieu de commenter l'objet, il reprit :

– J'ai une question à te poser. Réfléchis bien.

– Oh ! Ça m'a l'air d'être grave. Alors je me concentre…

– L'homme que tu as enterré, le soldat. Enfin, celui que tu as pris pour un soldat parce que son corps était plein de cicatrices… Plein de cicatrices, c'est bien ce que tu as dit ?

– C'est ça.

– Tu peux me le décrire ?

– Pas très grand. Couturé sur les côtes, une balafre à la joue, un bras en moins.

Un bras !

« On m'avait assuré que les nombreuses marches de notre abbaye ne poseraient aucun problème. » Bien sûr, le moine, sans doute un ancien soldat, était mutilé… d'un bras !

C'était bien cela ! L'enthousiasme reprit Garin. Il ne

comprenait pas encore tout, loin de là, mais il possédait un élément majeur : le mort avait un bras en moins… et justement, la robe de moine était percée de trous au niveau du coude. Une robe qui était trop courte pour le hareng !

La manche était trouée tout autour parce qu'elle avait été cousue par son propriétaire d'origine, un moine compétent en reliure, qui venait du monastère de Landévennec, et qui n'avait pas besoin de cette manche car il n'avait qu'un bras !

La robe que portait Sévère !

Garin grimpa vers le Mont à une vitesse qui lui coupa les jambes. Il parvint, hors d'haleine, à la porterie. Jamais il n'avait trouvé cette pente aussi raide, ces escaliers aussi coupe-jarrets.

Tentant bruyamment de reprendre sa respiration, il frappa à la porte de l'abbé.

D'une traite, sans attendre qu'on l'interroge, il lança :

– Mon père, avez-vous reçu frère Sévère ?

– Le chantre devait me l'envoyer, cependant je ne l'ai encore point vu.

Garin en demeura muet.

– Alors, réussit-il enfin à articuler, il est parti.

– Aucun de nos moines ne peut sortir.

– Par l'entrée officielle, non, mais par-derrière… par le cellier, ou par l'ancienne abbaye.

– Tout est fermé ! Me direz-vous enfin le fond de votre pensée ?

– Cet homme n'est pas le moine que vous attendiez.

À celui-là, il manquait un bras, il est mort étranglé près d'ici, et sa robe lui a été volée. Par Sévère.

L'abbé fixait Garin avec stupéfaction.

– Sévère ? Il lui aurait volé… Dieu du ciel ! Qui serait alors ce « Sévère » ?

– C'est une chose que j'ignore, reconnut Garin, mais quelqu'un le sait peut-être…

Bien sûr ! Sévère aussi connaissait la présence de la ciguë, puisqu'il avait fait la fin du voyage avec Raoul. Il avait empoisonné frère Robert, avait volé le crâne pour sa mise en scène. Savoir pourquoi…

Garin trouva le gros moine qu'il cherchait, en prière comme d'habitude dans la crypte aux Trente Cierges. Il s'agenouilla un instant auprès de lui sans rien dire, avant de chuchoter d'une voix qu'il tentait de garder calme :

– Frère cellérier, ce n'est pas vous qui avez tué le frère Robert, n'est-ce pas ?

Le gros homme lui jeta un regard effrayé.

– Vous n'avez pas tué non plus le frère Dominique…

Les lueurs des trente cierges dansaient sur les murs aveugles. Le frère cellérier serrait convulsivement entre ses mains son chapelet de buis. Son visage était défait. Lentement, il fit non de la tête.

– Toutefois vous savez qui les a tués…

Le ton était presque affirmatif. Le cellérier fixa Garin avec une sorte de terreur. Le scribe insista :

– C'est le frère Sévère ?

– Je… je crois… Sévère n'est pas son nom. Il s'appelle Herbert… Je ne voulais pas, non ! Je ne voulais pas ! J'ai volé des reliques, je le confesse, mais je ne voulais pas…

– Vous voliez des reliques, vous les faisiez descendre en bas par la roue du cellier. C'est cela ?

– Je ne voulais pas, répéta le gros moine.

Il secoua douloureusement la tête avant d'ajouter :

– Je les faisais descendre dans un panier. Lui, Herbert, attendait en bas. Il prenait le tout et il me renvoyait l'argent par le même chemin.

– Vous aviez donc tant besoin d'argent ?

– Mon pauvre neveu est prisonnier des Anglais. Sa mère, ma chère sœur, m'a envoyé une lettre déchirante, pour me supplier d'aider à réunir sa rançon… Oh ! quel tourment ! Les reliques du chartrier, personne n'y prêtait vraiment attention…

– Mais frère Robert a commencé l'inventaire, et il s'en est aperçu.

Le frère hocha la tête.

– Alors, j'ai tout arrêté, et j'ai supplié frère Robert de ne rien dire. Hélas ! cela n'a pas fait l'affaire du revendeur. Oh ! mon Dieu ! si j'avais su !

– Herbert revendait les reliques ?

– Herbert n'est qu'un homme de main, il se contentait de fournir au revendeur les reliques munies de leur certificat d'authenticité… Quand j'ai cessé de les approvisionner, il s'est introduit ici et il a exigé que le trafic continue, alors la peur m'a saisi.

Le gros homme essuya ses larmes.

– J'ai dit à Herbert – Dieu me pardonne ! – que je ne pouvais pas continuer, car frère Robert savait tout.

– Et frère Robert est mort.

– Oui… J'essayais de me persuader que c'était bien l'œuvre de saint Aubert. Je me suis imposé des pénitences, ne mangeant plus, priant sans cesse, me forçant à effectuer les travaux qui me coûtaient le plus. Hélas ! Dieu n'a pas eu pitié de moi.

– Que s'est-il passé ensuite ?

– Ensuite, comme je refusais de me rendre au chartrier, il a exigé que je lui en donne la clé, sinon il enverrait un billet à l'abbé pour me dénoncer. Il voulait monter au chartrier pendant la nuit. Je ne sais ce qui s'est passé.

– Frère Dominique l'a surpris, et Herbert l'a tué.

– Oh ! mon Dieu ! Oh ! mon Dieu ! Je le craignais.

– Où est Herbert maintenant ?

– Je ne sais pas. Je vous le jure, je ne sais pas.

– Vous pensez qu'il a volé d'autres reliques ?

Le frère cellérier hocha tristement la tête. Demain, il confesserait sa faute devant tout le chapitre réuni. Oui, il était coupable, et responsable de tout…

Il se mit à pleurer doucement. Garin s'éclipsa.

« Eh bien voilà ! se dit Garin. Je n'avais absolument pas menti à frère Robert : saint Aubert m'avait bel et bien envoyé ici pour le sauver… Sauver son fameux crâne percé d'un fameux trou. Comme quoi, une invention peut devenir plus vraie que la vérité elle-même. »

Quant à retrouver Herbert, autant chercher une épingle dans une meule de foin.

Évidemment, dès qu'il avait su qu'il était convoqué par l'abbé, il avait filé. Sans doute en volant une clé. Il avait profité de la marée de l'après-midi…

Garin se redressa sur son lit. Les novices étaient déjà en route pour l'office, mais lui, il n'irait pas. Il partirait. Il avait amassé de quoi survivre quelques jours, le temps de trouver un autre travail.

Le Mont ? Il y reviendrait peut-être à la bonne saison. Pour l'heure, il y faisait trop humide et trop froid, et, comme l'avait si bien fait entendre l'abbé, il n'était pas un saint. Finalement, il comprenait les gémissements de frère Robert. Pauvre frère Robert !

Garin se leva et fit son paquet. Pas grand-chose, évidemment : ses vieux vêtements et son écritoire, et la somme non négligeable que l'abbé avait tenu à lui donner pour son travail. Il était content de partir… Il était toujours content de partir. Et d'arriver, aussi.

Il descendit pour la dernière fois le chemin du village et s'enfila dans son étroite rue. Tout s'animait déjà. Le feu brûlait dans les cheminées des auberges et les commerçants ouvraient leur étal. Les marchands de cierges étaient les plus occupés : ils avaient commencé à reconstituer leurs réserves, bien écornées par ces douloureuses affaires au monastère.

Garin s'arrêta chez le fabricant de médailles.

– Louys est parti ? demanda-t-il au petit homme.

– À la pointe du jour. À mon avis, il est déjà loin.

Quand Garin sortit sur la grève, le vent le ceintura d'un coup. Brrr… Il faisait glacial. Il avait fort bien calculé : la mer était encore basse. Néanmoins, prudent, il pressa le pas.

Il traversa la baie à longues enjambées et, bientôt, il aperçut la terre ferme. Plus il s'approchait, mieux il distinguait la côte, et même... il voyait au loin une forme longue et sombre sur le sable. Un tronc d'arbre apporté par la dernière marée ?

Non, pas un tronc d'arbre... On aurait dit une forme humaine, avec un long manteau. Un pèlerin.

Garin s'approcha à grands pas. Si l'homme avait été pris par la dernière marée, on ne pouvait plus rien pour lui, mais s'il avait juste eu un malaise...

Curieux... cet homme était tonsuré. Un moine ? Pourtant, il ne portait pas de vêtements religieux !

Touché par une révélation subite, Garin se précipita...

Sévère ! Ou plutôt Herbert. Il ne semblait porter aucune blessure, et cependant il était mort.

Garin demeura sidéré. Sévère mort ! La vengeance des reliques !

Il regarda vers le Mont. Déjà, la mer s'avançait, insidieuse et menaçante. Il la fixa un moment.

Eh ! Voyons... la mer n'était pas encore montée, or les vêtements du faux moine étaient trempés. Il s'était donc fait surprendre par la marée de la nuit ?

Ainsi, le hareng n'avait pas quitté le monastère de jour, comme tout le monde le croyait. Il avait préféré la sécurité de l'ombre. Il s'était caché quelque part, et il avait attendu la nuit. Ensuite, que s'était-il passé ? Quelque chose avait-il retardé son départ ? La présence de quelqu'un dans le cellier ? Du monde dans les couloirs ? Le moine-espion ? Ou seulement une mauvaise évaluation de l'heure de la marée basse.

On ne saurait jamais pourquoi, mais le faux moine

avait quitté l'abbaye trop tard. La mer l'avait rattrapé avant qu'il n'atteigne la rive.

Garin regarda autour de lui. Et les reliques ? Herbert était bien parti avec des reliques, non ?

Ah ! là-bas, à un jet de pierre, gisait un sac brun. Il y courut, le souleva… Vide ! Il regarda à l'intérieur : il n'y avait rien… qu'un petit objet, au fond. Il l'attrapa.

C'était un minuscule os. Une phalange humaine.

Garin demeura pensif. Cela ne ressemblait pas à Herbert de n'emporter qu'un os de rien du tout…

Tiens !... On voyait des traces sur le sable ! Il les suivit des yeux. Des traces de pas. Elles continuaient jusqu'au bout de la grève pour prendre le chemin qui courait sur la dune et s'éloignait dans les terres. Quelqu'un était passé là avant lui. Quelqu'un avait découvert le sac du voleur avant lui... Un sourire passa sur son visage.

– Louys, chuchota-t-il distraitement, tu as oublié une phalange.

Il considéra l'os entre ses doigts.

– Je pense, reprit-il songeur, qu'il s'agit là de la phalange de saint Garin.

La phalange de saint Garin!

Et il la laissa tomber dans son sac.

Table des matières

1. Beaucoup de monde sur la route, *5*
2. Dans les entrailles du Mont, *19*
3. L'invisible frère Robert, *31*
4. Qui peut voler un crâne ? *42*
5. L'ombre d'une menace, *57*
6. Un monastère de tout repos ? *74*
7. De découverte en découverte, *89*
8. La vengeance de la relique, *105*
9. Deuil et terreur, *117*
10. Un deuxième coup, *132*
11. Curieuses constatations, *142*
12. Les trois clés, *152*
13. Mauvaise posture, *161*
14. La révélation des Usages, *171*
15. La ciguë et le moine espion, *181*
16. Une vérité pleine de trous, *193*

Évelyne Brisou-Pellen

L'auteur

Évelyne Brisou-Pellen est née en Bretagne et, hormis un petit détour par le Maroc, elle y a passé le plus clair de son existence. Ses études de lettres auraient dû la mener à une carrière de professeur mais, finalement, elle préfère se raconter des histoires, imaginer la vie qui aurait pu être la sienne si elle avait vécu en d'autres temps, sous d'autres cieux. Ainsi elle a pu se faire capturer par un clan mongol, fuir avec un Cosaque, chercher fortune à Haïti, au Sahara, au Japon. Se trouver nez à nez avec les fantômes d'Écosse, se faire menacer par les flammes, être prise dans les tourmentes de la Terreur, faire ses études dans un collège maudit. Avec Garin, elle est prisonnière dans un château, encerclée par les loups, menacée par une terrible épidémie, soupçonnée de vol par les moines. Elle risque sa vie avec les pèlerins, vient à l'aide d'un chevalier, tente de sauver le pape…

Du même auteur chez Gallimard Jeunesse

FOLIO JUNIOR

Le Défi des druides, n° 718

Le Fantôme de maître Guillemin, n° 770

Le Mystère Éléonor, n° 962

Les Disparus de la malle-poste, n° 1161

Les aventures de Garin Trousseboeuf

L'Inconnu du donjon, n° 809

L'Hiver des loups, n° 877

L'Anneau du Prince Noir, n° 1314
Le Souffle de la salamandre, n° 1369
Le Secret de l'homme en bleu, n° 1269
L'Herbe du diable, n° 1216
Le Chevalier de Haute-Terre, n° 1137
Le Cheval indomptable, n° 1425
Les Pèlerins maudits, n° 1003
Les Sorciers de la ville close, n° 1075

Les messagers du temps

1 - *Rendez-vous à Alésia*, n° 1492
2 - *Le Maître de Lugdunum*, n° 1493
3 - *L'Otage d'Attila*, n° 1494
4 - *Le Sceau de Clovis*, n° 1524
5 - *L'Épée des rois fainéants*, n° 1525
6 - *Le Noël de l'an 800*, n° 1526
7 - *Hugues Capet et les chevaliers noirs*, n° 1572
8 - *Le Faucon du roi Philippe*, n° 1586
9 - *Le Chevalier de Saint Louis*, n° 1593
10 - *Le Royaume d'Osiris*, n° 1614

GRAND FORMAT LITTÉRATURE

Les aventures de Garin Trousseboeuf

La Tour de Londres

Nicolas Wintz

L'illustrateur

Nicolas Wintz est né en 1959 à Strasbourg. Il illustre depuis 1981 des livres documentaires, historiques ou de fiction. Il a réalisé plusieurs albums de BD et travaillé pour le dessin animé et la presse.
Aux éditions Gallimard Jeunesse, il a notamment illustré toute la série des aventures de Garin Trousseboœuf, d'Évelyne Brisou-Pellen, dans la collection Folio Junior.

Découvre les autres aventures de
Garin Trousseboeuf

dans la collection

folio junior

L'INCONNU DU DONJON, n° 809

L'HIVER DES LOUPS, n° 877

L'ANNEAU DU PRINCE NOIR, n° 1314

LE SOUFFLE DE LA SALAMANDRE, n° 1369

LE SECRET DE L'HOMME EN BLEU, n° 1269

L'HERBE DU DIABLE, n° 1216

LE CHEVALIER DE HAUTE-TERRE, n° 1137

LE CHEVAL INDOMPTABLE, n° 1425

LE CRÂNE PERCÉ D'UN TROU, n° 929

LES PÈLERINS MAUDITS, n° 1003

LES SORCIERS DE LA VILLE CLOSE, n° 1075